萨玛格的秋天

萨玛格 著

作家出版社

萨玛格

本名和文华，纳西族，出生于云南丽江，经济学硕士，现为云南财经大学副教授，研究方向为国际经济与贸易。已出版小说《纳西阿爸》、诗集《萨玛格的春天》。

目录 Contents

季节中的遐想

人生中的感悟

爱情中的沉思

生活中的邂逅

季节中的遐想

萨玛格的秋天

一场春雨的告白
唤醒了大地的沉沉冬眠
希望在山谷　悬崖　荒野　丛林
冉冉升起
破土而出的云杉
它的目光
聚焦于一棵神奇的苍天大树
春雨之后
春风拂面的日子
云杉萃取养分
只为有一天
傲然屹立经受风暴的洗礼
春风之后
尘暴偷袭的日子
云杉奋力抗争
只为有一天

傲霜斗雪呼吸自由的空气
萨玛格的春天
是云杉的春天

夏风的热浪
激活了天空的宁静
欲望和挣扎撕裂着大地
有的人盲从中随波逐流
迷失在沙漠的风暴
如失去灵魂的羔羊
有的人沉醉于春天的故事
漠视夏天的狂野奔放
如失去阳光的黑夜
有的人享受着夏雨的温润
忘记天涯芳草的清香
如失去希望的田野
萨玛格的夏天
即便暴风骤雨
也要跨越那一座座山峰
如灵魂附体的羔羊
即便骄阳似火

也要追赶那一条条河流
如阳光成就的黑夜
即便有风干流沙的泪流
也相信美丽如影随形
如希望覆盖的田野

带着希望走过春天
怀揣美梦勇闯夏天
秋天
萨玛格迎来了秋天
这一个秋天
没有春华秋实
没有硕果累累
没有秋高气爽
没有春兰秋菊
这一个秋天
秋风萧瑟
秋雨无情
秋叶飘飞
春去秋来
这一个秋天

带着世间莫名的真实
捎带着一份与生俱来的爱
赤裸裸地向你走来

走过春天
萨玛格的云杉
把春天的气息
散播于玉龙雪山的天空
漫步夏天
萨玛格的命运
注定回旋于云朵之上
送走春夏
迎来了萨玛格的秋天
这个秋天
依旧是一个充满希望的秋天！

春天里的冬眠

如果春困拥抱了寒流
自然给万物
提了一个醒
萌动之前
请用一个冬眠
把深邃的思想编织成
一枝枝柳絮
灵性的万物
方可
在春风里
用轻歌曼舞享受
蓝天白云下暖阳的惬意
萌得无限
才有
蛊惑的无穷魅力

如果春雨夹杂着雪花
大地给万物
沐了一次浴
情动之前
请用一次冬眠
把潜伏的才情煎熬成
一剂剂良药
灵动的万物
方可
在春风里
用勃勃生机昭示
红霞绿叶下弯月的深意
情的无声才有
撞击的无尽回应

如果你的满天红叶
恰逢
我的一地相思
春动之前
请用一宿冬眠
把附体的羔羊吟诵成

一段段诗句
灵通的你我
方可
在春风里
用水乳交融书画
黑夜白昼下灵魂的赤裸
春的无边才有
诗意的无比跳跃

哈菲兹用七百多年的冬眠
把诗人孤独的灵魂
附体于萨玛格
世人又怎知
灵魂的孤独
在春风里
不会随大地腾跃的生命力
而席卷
珠穆朗玛峰的天空呢

春天真美
春天里的冬眠

让美与永恒
冲破时空的层层阻断
让诗人不朽的灵魂
窃窃私语于
相亲相爱的万物
我爱春天
我也爱春天里的冬眠

秋天　来得好突然

正抖擞出超短裙
亲吻一下夏天的尾巴
秋雨啊
猝不及防地来了一个吻
宣告
悄悄过去的不只是夏天

正思量喝冰黑啤
相思一下夏天的余热
秋风啊
突如其来给了一个抱
昭示匆匆过去的不只是温暖

正斟酌品红玫瑰
诗意一下夏天的火辣
秋叶啊

从天而降送了一个想
寓意轻轻过去的不只是回忆

秋雨啊秋雨
来一段小提琴的《卡门》
让夏天的情缘
萌萌留在秋雨里

秋风啊秋风
来一首萨克斯的《为你》
让夏天的果香
悠悠飘在秋风里

秋叶啊秋叶
来一场交响乐的《命运》
让夏天的希望
紧紧裹在秋叶里

秋天
迎面而来的秋天
我在仓促之中

来了一个情人式的拥抱
让秋天滞留的时间
超过夏天的匆匆
让秋天里的雨
下一场风花雪月的传奇
让秋天里的风
吹一段春华秋实的历史
让秋天里的叶
诵一首名垂千古的诗篇

秋天　来得好突然

今年的冬天

我不会像小鸟一样
抓住一枝树干
微微颤抖着诉说
冷！
宁愿一个人迎着凛冽
让冷风尽情吹打我的脸
并告诫自己
寒冬一过春天不远了

我不会像落叶一样
黏住一朵雪花
轻轻哭泣着诉求
寒！
宁愿一个人顶着数九
让雪花尽情抚摸我的脸
并警醒自己

大雪纷飞春花不远了

我不会像星星一样
瞅住一弯月亮
切切期盼着诉苦
冰！
宁愿一个人冒着寒冬
让冬雨尽情淋湿我的脸
并敲打自己
寒露挂满春风不远了

冷风肆意的一个个冬天
想起曾经把树干的所有温暖
给予你
而你却把
今年冬天的冷甩给了我
我走到无人的地方
一个人吞下

雪花飘洒的一个个冬天
想起曾经把铺天的全部浪漫

给予你
而你却把
今年冬天的寒落给了我
我躲在寂静的角落
一个人收下

冬雨挥舞的一个个冬天
想起曾经把春天的无限希望
给予你
而你却把
今年冬天的冰抛给了我
我躺在星空的边际
一个人咽下

今年的冬天
即便我赤身裸体
我不会说一个字：冷
今年的冬天
即便我无依无靠
我不会想一个字：寒
今年的冬天

即便我一无所有
我不会怨一个字：冰

今年的冬天
将迎来明年的春天

立冬后的北京

凡尔赛宫的奢华
搭上了百合　香水　跑车
尽显六边形的多样
白金汉宫的尊贵
配上了玫瑰　金融　贸易
彰显昔日帝国的底蕴
克里姆林宫的美誉
合上了向日葵　艺术　土地
方显西伯利亚的气质
白宫的故事
加上了玫瑰　法治　经济
凸显大国崛起的传奇
今天
我带着一颗赤子心
走近你
牡丹的大气富贵迎面而来

黄色的雕梁画栋
在方阵对称的庭院里
一点一滴诉说着
一个悠久大国的古往今来
它值得每一个踏足的人
静静去看
立冬后的北京
故宫好静!

荷兰的郁金香
与风车　奶牛　自由
一起说笑时
把一个个首创推向世界
西班牙的石榴花
和建筑　足球　沙滩
一起沐浴时
把一个个极致推向顶峰
意大利的柏木
随声音　皮革　太阳
一起共鸣时
把一个个传承推向未来

印度的檀香木
搭恒河　虔诚　软件
把一个个画面推向星空
今天
我带着一颗仰慕心
走近你
胡同的京腔京味扑面而来
红色的城墙瓦房
在长形匀速的河流上
一分一秒细诉着
一个文明大国的博大精深
它值得每一个光顾的人
静静去读
立冬后的北京
香山好美!

德国的猪手餐
携手汽车　严谨　科技
敲响科隆教堂的钟声
德国制造响彻云霄
瑞士的巧克力

牵手钟表　雪山　银行
攀上阿尔卑斯的山巅
瑞士时间分秒必争
日本的寿司
联手电子　动漫　技术
笑落富士山的樱花
日本工艺精雕细琢
伊朗的烤羊排
握手波斯　地毯　哈菲兹
萦绕清真寺的祷告
伊朗历史意味深长
今天
我带着一颗崇敬心
走近你
古城的美味佳肴迎面而来
绿色的老树新草
在圆规自由的空气中
一丝一毫倾诉着
一个开放大国的宽阔眼界
它值得每一个触摸的人
静静去闻

立冬后的北京
烤鸭好香！

立冬后的北京
一颗心静静地
等着每一个靠近它的人
细细地去品
不一样的景致！

小雪之后的第一场雨

一场夹杂寒风的雨
没有商量
肆无忌惮地打湿了我的长发
夜晚的校园
撑着伞的人们
稀稀落落地行走着
除了雨打树叶后的滴答声
四周少了嘈杂
就连喜欢看热闹的星星
都躲在角落取暖
雨不冷
冷的是寒风

这一场雨
不同于去年的那一场雨
去年的那一场雨

预料之中如约而至
也夹杂着风
风中也带寒
寒风呼啸而过
未曾浸入体内
这一场雨来得突然
毫无征兆
昨天还是艳阳高照
今天已成风雨交加
淋湿的长发把寒风席卷全身
这一场雨　不冷
冷的是寒风

小雪之后的第一场雨
用寒风预热了大雪
待我慢慢品完这场雨
让大雪来尽情拥抱我吧！

冷　真好

战争从开春发起
那场面
让人性扭曲得失了美
僵持中入了冬
寒风和大雪
阻止并击垮了一个又一个
战争的始作俑者
莫斯科的雪下得正是时候
冷　真好

瘟疫还在蔓延
那情景
让亲人痛苦得失了策
绝望中进了冬
冰天和雪地
封杀并冻结了一个又一个

病毒的发明者
莫斯科的寒来得正是时候
冷　真好

思念一如既往
那回忆
让情人忧伤得失了味
矛盾中来了冬
暴雨和霜降
撕碎并敲醒了一个又一个
初心的点燃者
莫斯科的雨淋得正是时候
冷　真好

冬天虽然
不像春天充满希望
不像夏天充满活力
不像秋天充满收获
但冬天
让人们有了时间
停下脚步

反省战争的孰是孰非
质疑战争的花言巧语
叩问战争的终极目标
冷　真好

冬雪虽然
不像春草生机勃勃
不像夏花赏心悦目
不像秋叶情意绵绵
但冬雪
让人们有了空闲
停下忙碌
纵观历史的孰真孰假
解疑历史的突飞猛进
探索历史的无穷魅力
冷　真好

冬风虽然
不像春风润物无声
不像夏风习习送爽
不像秋风痛快淋漓

但冬风
让人们有了头脑
停下盲从
掂量自己的孰轻孰重
窥见自己的惶恐不安
追求自己的真实生活
冷　真好

一个冷
让世界多一份宁静
让历史多一份冷静
让人类多一份安静
一个冷
让宇宙寻找一份和谐
让地球寻求一份和平
让人类寻觅一份和睦
一个冷
让你我互赠一份温暖
让你我互补一份感动
让你我互赞一份超越
冷　真好

我的眼泪如晨露

拂晓的光
淡淡洒落湖水
无助的眼泪忍了又忍
我找不到晨曦
也触摸不到晨曦中的慰藉
你的一句问候
从遥远的撒哈拉沙漠吹来：到了吗
我的眼泪霜降树梢

凌晨的雾
久久笼罩田野
委屈的眼泪咽了又咽
我看不见晨光
也感受不到晨光中的温暖
你的一句牵挂
从高远的喜马拉雅山飘来：还好吗

我的眼泪露挂月下

清晨的霞
隐隐点缀天空
感动的眼泪滴了又滴
我收不到晨旭
也拥抱不到晨旭中的亲吻
你的一句叮咛
从深远的一千零一夜传来：醒了吗
我的眼泪雪落他乡

我的眼泪如晨露
晶莹剔透
颗颗凝聚于相思的夜里
一颗挂在那夜长长的月下
一颗落在那枝宽宽的花边
一颗留在那潭静静的湖里
一颗存在那片美美的叶底
晨明随鸟鸣而至
光找到了晨露
雾挥别了晨露

霞余热了晨露
一阵阵晨风随第一缕阳光
把颗颗晨露融化
晨露随美丽汇入天空
我的眼泪如晨露

今天是大雪

公鸡打鸣之后
小鸟就不停地在欢叫
鸟语声声偶尔夹杂鸡鸣
迎来一天的早晨
太阳在半推半就中
抖擞出场
空气中的寒冷一点点被温暖
爸爸怕惊醒贪睡的我
静静靠在床上
爸
吃早点了?
太阳出来了吗?
好像一团团薄薄的雾
遮挡了阳光
今天是大雪?
是，但不冷

一前一后
闻着小区庭院的花香
爸爸迈着蹒跚的步伐
眼睛瞅着或坐或走
一样步履维艰的战友们
小鸟依旧不知忧愁地
唱着欢快的幸福小调
爸爸想传递愉悦给我
你
去锻炼吧
我想坐一会
爸
回家吧
太阳怎么还不出来
天亮了许多
但依旧朦朦胧胧。
今天是大雪?
是，但不冷

小锅米线外加一个肉包

三四个热乎乎的菜
把爸爸的胃和我的心
圈进年年岁月
午后的慵懒
吟听爸爸均匀的鼾声
幸福让我从沙发的柔软
闻到卧室散发的一股股余香
爸
好好睡啦
醒来惊喜等着您
什么?
太阳出来了!
今天是大雪?
是，但不冷

四十八个大雪
不曾记得过去的好时光里
陪伴爸爸的大雪是怎样
今天
大雪的一天
可看见爸爸的音容笑貌

和熟悉的身影眼前晃动
可听见爸爸的温情笑语
和熟悉的鼾声耳边响动
可呼吸一个屋檐下的温暖
和欣赏阳光下花草的跳动
小鸟一直在不知疲倦地欢唱
今天是大雪？
是，但不冷
一点都不冷！

我喜欢冬天

我喜欢冬天的感觉
一个冷字
让人们多了一份安静
鸟儿归巢
月儿唱晚
思念的人儿盼呀盼
温暖的话语
犹如千里送鹅毛

我喜欢冬天的味道
一个冷字
让人们多了一份遐想
沙漠绿洲
风摇树笑
痴心的人儿望呀望
温润的眼神

犹如拨云见蓝天

我喜欢冬天的故事
一个冷字
让人们多了一份期待
孤帆远影
独钓江雪
默契的人儿想呀想
温情的拥抱
犹如无情胜有情

听奶奶说
认识爷爷那天
正是大雪纷飞
我喜欢冬天
听妈妈说
遇见爸爸那天
正是寒冬腊月
我喜欢冬天

恰逢拥抱你的那天

不是春天
也不是夏天和秋天
我喜欢冬天

夜点亮心的灯

当多数人
开始一场梦游
去逃避灵魂的对话时
只有少数人
悄悄幽会智者的光辉
拥抱一个又一个美丽的灵魂
夜衬托了昼的孤寂

当夜幕笼罩
万物归于寂静
物恰恰积蓄一天之能量
动寓于静
而有的人
昼动而夜静
少了动与静的交融
夜的美又怎能入你的眼呢?

忙碌　盲从　热闹　欲望
折射昼里隐藏的空洞
孤独　孤零
属于太阳下山后
空洞对你的鄙夷
而挑灯夜战的人
用夜的灯照亮心之光
孤寂奉献的盛宴
只留一个人慢慢去品时
夜的美怎会不入她的心呢?

放下恐惧
用夜的美
与飘荡的灵魂直视
你的生命跨度
超越百年　千年　万年
换来百年　千年　万年后的回眸
存在即活着
活着不一定存在

夜点亮心的灯
才是上帝给你最大的恩典
你为何不打开夜灯
而昏昏入睡?

一样的夜

城那边
夜空下
灯火阑珊处
诱惑与欲望四处逃窜
哈巴狗躺进舒适的家
空气中的闹
簇拥了黑夜的无眠

山这里
星空下
袅袅炊烟处
温暖与真情四处蔓延
忠实犬睡进安乐的窝
大山里的静
凸显了无眠的黑夜

城那边的夜
雾中酝酿着霾
黑中挣扎着梦
可城那边的夜
雾中也闪烁着光
黑中也潜伏着霞
城那边的夜
是历史进化中的夜夜
城的喧哗
也是人类发展中的夜夜
光的闪耀
更是文明沉淀中的夜夜
风的变幻

山这里的夜
星星点缀着夜
犬吠陪伴着山
可山这里的夜
星星也吟诵着寒
犬吠也倾诉着冷
山这里的夜

是自然世界中的夜夜
树的无声
也是经济发展中的夜夜
情的割舍
更是精神深处中的夜夜
心的自省

今天的城市
曾经也是昨天的山村
今天的山村
也可能是昨天遗落的城市
明天呢
只有明天才能作出回答
城那边的夜
山这里的夜
不同的
是你　是我
的夜
城那边的夜
山这里的夜
其实是一样的夜

留一个黄昏装饰我的梦

哀伤的人们
走吧！走吧！
别在黄昏前留影
把
落进苍山的晚霞斑驳
留给我
我抱着黄昏的眷恋
去装饰梦的花边
碎花里的思念
是梦摇不醒的牵挂

惆怅的人们
去吧！去吧！
别在黄昏时落泪
把
挥别洱海的波光粼粼

留给我
我搂着黄昏的苍凉
去装饰梦的孤独
孤寂时的冲动
是梦剪不断的情怀

夕阳下的黄昏
在狂风的阵阵催促中
把苍山、洱海的恋曲
绝别在夜幕拉开之时
别
别卷走我的黄昏
留一个这样的黄昏
装饰我的梦
人约黄昏后
我约黄昏梦

风的狂呼乱叫
搅乱了苍山、洱海的无眠
我愿留一个这样的黄昏
装饰我的梦

星空点亮我心

风不停地咆哮
雨在深巷里迷失
花哀怨中凋谢
我用夜的静
想抚慰风
风自狂奔
想指引雨
雨自洒落
想赞美花
花自飘零
满天的星星一闪一闪
大地重归于静
沉默是最好的回应

人生中的感悟

不要问我出处

二〇一六年十二月三十一日
一只心爱的耳环单飞了
我难过了一小会儿
止住了
先生的二姐夫下午走了
一个只会讲傈傈语
而沉默寡言的中年男子
佝偻的身影一下跳进我脑里
难过
也只有止住了
每天都有生命戛然而止
每天也都有生命破茧而生
生命不问出处
死亡也不问出处
难过呢
难过地活着

活着也难过
难过又有何出处?

每一年的最后一天
人们怅然若失
感觉命运里想抓住的
犹如虚无缥缈的风
实现没有圆满
放弃总有遗憾
目标看似清晰可见
现实却隐约难触摸
每天都有欲念在消失
每天也都有渴望在燃烧
过去没有出处
将来也没有出处
惆怅呢
惆怅地活着
活着也惆怅
惆怅又有何出处?

总想在最后一天

有一个漂亮的收尾
心情却被思念高高挂起
农夫们用一天的盛宴
明白存在的真实
诗人却用酒杯里的哀怨
撕裂真实的存在
只有圣人从不感叹
今天是今年的哪一天
每天都有认知被推翻
每天也都有真知在闪烁
爱情没有出处
情人也没有出处
孤独呢
孤独地活着
活着也孤独
孤独又有何出处?

明天将是新年第一天
第一天才有希望之人
最后一天也将空空如也
希望在每天每时每刻

第一天与最后一天
一直形影不离
美好的希望是幸福
忧伤的回忆也是幸福
每天都有故事在重演
每天也都有传奇被铭记
天堂没有出处
地狱也没有出处
恐惧呢
恐惧地活着
活着也恐惧
恐惧又有何出处？

蓦然回首
山盟海誓随竹篮打水
生命中少了谁
地球还是在自转
自认为爱与被爱之最
不过都是特定时间特定心情而已
分开了
时间再次证明

没有亘古不变的情意
每天都有日出之朝霞
每天也都有日落之黄昏
永恒没有出处
变化也没有出处
爱呢
爱也活着
活着也爱
爱又有何出处？

英雄且不问出处
你我又有何出处
你我如不问出处
你的　我的
所有的又有何出处
既如此
挥别二〇一六年的出处
在新的一年
我情愿笑着　活着　聆听着
真实去触摸心跳的每一瞬间
拥抱客观世界扑面而来的

旋风　暴雨　抑或　晨露　彩虹
置之死地而后生之爱
成为有出处的萨玛格
而破釜沉舟！

时间里的老者和少年

如果你
在时间的光影下
看见
迦太基的灭亡
玛雅文明的没落
和
威尼斯的崛起
亚历山大的伟业
那时间
在你眼里是一个老者
它伤痕累累
又不失哀伤中
闪耀星光点点
它沉默寡言
把沧桑岁月的风沙
埋葬于流经的荒山野岭

如果你
在时间的奔跑中
抓住
稍纵即逝的分秒
意犹未尽的思念
和
运筹帷幄的未来
超越现实的期待
那时间
在你眼里是一个少年
它懵懵懂懂
又不失冲动中
燎原火光点点
它欢呼雀跃
把希冀时空的梦幻
捕捉于想象的现实

一个个老者
随狂风一样的背影
在时间里

带着他们的故事呼啸而去
一个个少年
以疾马一样的速度
在时间里
带着他们的遗憾奔驰而来

时间是什么
时间
是一个少年
叹了一口气
转眼成为一个老者

我赤裸裸地向你走来

城市街头
男人女人粉墨登场
没有人看见
一个个华丽的外表下
真实的灵魂何处安身
却隐约瞅见
肉欲的狂躁按捺不住
我赤裸裸地向你走来
肉体的纯净
是否触动了你?
不管世人如何闪耀登场
我只享受于我的安静

春去秋来
爱的恨的纠缠不清
没有人发现

一颗颗强大的内心里
真实的想法如何表达
却模糊瞥见
语言的伪装天衣无缝
我赤裸裸地向你走来
语言的直白
是否感动了你?
不管爱情如何捉摸不透
我只沉醉于我的宁静

夜深人静
生的死的阴阳两界
没有人感悟
一年年有限的时光中
存在的意义如何掌控
却恍惚窥见
快乐的源泉孤芳自赏
我赤裸裸地向你走来
真实的生活
是否触动了你?
不管生命如何扑朔迷离

我只拥抱于我的平静

我赤裸裸地向你走来
肉欲的于无深处
在悄无声息的夜色中
如果
你看见一个鲜活的灵魂
你又怎知
它不会摧枯拉朽般地
把你的衣服撕光
你终将和我一样
向你的生活　你的情人　你的人生
淋漓尽致展示你的美
如果你洞见
我赤裸裸地向你走来

悲剧从未上演!

中世纪的黑暗
惨绝人寰
放大镜里人性的恶
让活的世界里
死神狰狞的面孔
跃跃欲试
历史
让遗忘和反思迟钝
好似悲剧从未上演!

战争的残酷
惨不忍睹
亲人眼里人性的泪
让等的世界里
失望恐惧的面容
蠢蠢欲动

政治
让教训和反省压抑
好似悲剧从未上演！

暴力的嚣张
惨无人道
阳光下的罪恶
让美的世界里
绝望伤心的面目
无处安身
灵魂
让静谧和反悔胆怯
好似悲剧从未上演！

我们不用着急
去探究
人性之初的善恶
历史发展的胜者
答案只有一个：善
悲剧一幕幕上演之后
人类值得沉思的问题

在哪里?

答案就在:

悲剧从未上演!

上帝给了你……

从你成为
游泳冠军的那一天
上帝给了你生命
你无权抱怨是否公平
怕只怕
失去选择生命的权利
而你
需要用生命来让公平
开出一朵美丽的花瓣

从你成为
幸福天使的那一天
上帝给了你机会
你无权埋怨是否平等
怕只怕
失去选择机会的权利

而你
需要用机会来让平等
变出一道美丽的彩虹

从你成为
与狼共舞的那一天
上帝给了你能力
你无权仇怨是否幸运
怕只怕
失去选择能力的权利
而你
需要用能力来让幸运
描出一幅美丽的油画

从你成为
百年好合的那一天
上帝给了你爱情
你无权哀怨是否甜蜜
怕只怕
失去选择爱情的权利
而你

需要用爱情来让甜蜜
催生一个鲜活的灵魂

从你成为
轻车熟路的那一天
上帝给了你时间
你无权憾怨是否圆满
怕只怕
失去选择时间的权利
而你
需要用时间来让美满
写出一生永恒的传奇

现在
请你停下脚步
别再用忙碌的谎言
掩盖你的假意真诚
你
且用心思量
上帝给予你的权利
你一一行使了吗?

萨玛格的命运

风使出浑身解数
吹呀吹
它这棵小草
在茫茫草原也难现身形
但它用沉寂
吸足养分
为有一天的傲视群草而努力！

河使出滚滚波涛
流啊流
它这颗小石
在长长江河也难于立足
但它用颠簸
凝练成长
为有一天的石破天惊而奋斗！

它这棵小草
从不愿借高枝而现身形
即便风吹断它的腰身
它的生命岌岌可危
它宁愿选择重生
也不愿弯腰而苟且
小草的有限时光
只想在风的吹送中
诵读出一首首美丽的诗篇

它这颗小石
从不愿攀石岩而求立足
即便河淹没它的空间
它的存在失去可能
它宁愿选择复活
也不愿逃避而偷生
小石的有限空间
只想在河的洗刷中
书写出一首首美丽的诗篇

它这棵小草

任凭风吹草动
它只是它
你听!
它正诵读着: 希望在哪里
它这颗小石
任凭惊涛骇浪
它只是它
你看!
它正书写着: 萨玛格的命运

我爱我所爱

钻石
熠熠生辉
人们追逐它
用精美的金边烘托
它的价值和光彩
我独爱
路边小小的一颗顽石
它
刚好可以压住我的书角

玛瑙
晶莹剔透
人们迷恋它
用精湛的工艺打造
它的无价和独特
我独爱
荒草茫茫的一片红叶

它
碰巧可以成为我的书签

年轻
活力十足
人们欣赏他
用爱慕的眼光抬高
他的价值和魅力
我独爱
相貌平平的一个智者
他
正好可以领悟我的孤独

我无须爱人们所爱
我爱我所爱
爱我者懂我
否则
拿什么论爱？
我爱者我知
此生
才无憾于爱！

萨玛格的追求

少不经事的六十年代
一顿干饭　一颗糖　一分钱
竟然是我的追求
奶奶让我乖乖听话
我舔了舔嘴唇
预感了听话与糖的本能关系
妈妈让我天天放牛
我点了点头
想起了妈妈做的月饼向我憨笑呢！

饥不择食的七十年代
一根冰棍　一块肉　一元钱
竟然是我的追求
爸爸让我好好学习
我咽了咽口水
误解了学习与肉的正常关系

老师让我天天向上
我点了点头
想起了爸爸炼的油渣向我痴笑呢！

改革开放的八十年代
一盒冰砖　一只烤鸭　一百元
竟然是我的追求
大学让我静静读书
我眨了眨眼睛
明白了读书与鸭的本质关系
知识让我天天遨游
我点了点头
想起了宜良卖的鸭腿向我讪笑呢！

香港回归的九十年代
一顿西餐　一个家　一万元
竟然是我的追求
工作让我默默耕耘
我停了停脚步
思量了耕耘与家的因果关系
希望让我天天努力

我点了点头
想起了二环边的房子向我欢笑呢!

二十一世纪的前十年
一百万　一个知己　一份执着
竟然是我的追求
金钱让我傻傻等待
我喘了喘气
反省了等待与想的矛盾关系
美梦让我天天许愿
我点了点头
想起了相拥时的承诺向我耻笑呢!

二十一世纪的后十年
我有幸
在玉龙雪山脚下
在莫斯科红场边
在泰戈尔故居里
在哈菲兹花园前
……
一遍遍　一遍遍

审视自己
我听了听心的诉求
才发现
一份孤独　一卷诗篇　一生爱的洗礼
才是我想要的追求!

今天
我用生命的枷锁再次拷问自己
我想要的追求
因耗尽才情努力去坚持了吗
是否因乌云而怀疑了自己呢
诗卷里的浪漫是否因孤独而落泪
爱的洗礼替我应答:
灵魂的纯净是诗人的本真
孤独的良药是诗人的呐喊
萨玛格的梦自有圆的一天
不信
痛饮三杯之后
听
天边传来的冥冥之音
萨玛格的美值得世人称颂!

幸运

一朵不知名的花
开在玉龙雪山的背影处
它没有荷兰库肯霍夫
郁金香的浓郁
也少了香水百合的芬芳
它径自开了
也许也径自谢了
幸运也许之前
有人闻到它的暗香
用他的萃取方式
穿过春夏秋冬的露水
让独特的香气慢慢四溢

一株不出名的草
长在拉市海边的荒野处
它没有法国普罗旺斯

薰衣草的壮观
也少了含羞草的妩媚
它顾自长了
也许也顾自灭了
幸运也许之前
有人看见它的坚韧
用他的呵护方式
撑起风雨冰雹的承重
让难得的韧性悄悄绽放

花儿落泪因为幸运
也许径自谢了
那花儿也无怨言
大千世界
花儿径自开了
的那一天
花儿也知万分幸运
闻香识花儿的人
把这份幸运推到极致

草儿哭泣因为幸运

也许顾自灭了
那草儿也无悔意
自然世界
草儿顾自长了
那一天
草儿也感万分幸运
听风见草儿的人
把这份幸运推向顶峰

幸运
不知名的花
和不出名的草
正在用泪无所忌惮地宣泄
这万分万分的幸运

一小步的魅力

火山已显狰狞
喷发之前
庞贝的惨痛教训
告诉我们
远离是唯一的选择
别指望从天而降的冰雹
能降住火山
在自然规律面前
人类可曾看到自己的渺小?
可曾听到远处达尔文的声音?

地震已露端倪
席卷之前
智利的悲剧经历
告诫我们
撤离是唯一的选择

别指望悄无声息的退潮
能平息巨浪
在自然世界面前
人类可曾预见自己的无能？
可曾听到远方爱因斯坦的声音？

超越历史
人类看似突飞猛进
对自然规律的解读
迈出了一小步
但也仅仅是一小步
展望未来
人类看似胸有成竹
对自然世界的征服
前进了一小步
但也仅仅是一小步

自然规律
你顺应它
是自然规律
你逆袭它

也是自然规律
自然世界
你认识它
是自然世界
你误解它
也是自然世界

每迈出一小步
人类可感受到
自然规律的不可抗拒
多少个一小步
才能接近自然规律的真实
每前进一小步
人类可意识到
自然世界的深不可测
多少个一小步
才能靠近自然世界的原貌

人类解读一道道坎
百万年的历史
对地球　对宇宙　对未知

也只是弹指一挥
这迈出的一小步
何曾不是一个新的起点
人类征服一次次险
千百年的经验
对自然　对科学　对未来
也只是沧海一粟
这前进的一小步
何曾不是下一个起点

一小步的起点
把人类带到探索的欲望门口
似火山爆发不可抑制
一小步的一小步
把人类推到驾驭的能力窗口
似海啸席卷铺天盖地
有了一小步
人类在自然规律和自然世界面前
充满了无限可能和无穷希望
这小小的一小步
正是人类独有的蛊惑魅力！

什么是无情

当一个人回眸一笑
挥别香味的缭绕
思念的味道如高汤
在心里热浪翻滚
此刻
你的问候
随香山的红叶飞落而离去
这一份无情似曾相识
我用时间二字
细细品嚼无情的内涵
一个智者跳进我的脑里
迦太基遭毁灭
罗马人用自己的声音
埋葬迦太基曾经的辉煌
改写历史重塑迦太基
在时间隧道里

我的无情不值一提
时间　那才是一个无情!

当一个人一往情深
甘愿香吻的煎熬
等待的味道如火锅
在心里翻来覆去
此刻
你的永别
如天空的浮云虚幻而离去
这一份无情恍如隔世
我用岁月二字
慢慢吞咽无情的意义
一个圣人跑进我的心里
阿兹特克人灭了瓦斯特克
可曾预料
自己被西班牙人征服时
命运是如此雷同
每一寸土地上演的文明
都始料未及地被终止
在历史长河里

我的无情不值一字
历史　那才是一个无情！

当一个人为爱痴狂
忍受香料的诱惑
希望的味道如凉片
在心里呆若木鸡
此刻
你的绝言
伴冬日的寒流呼啸而离去
这一份无情雪上加霜
我用眼泪二字
默默吸吮无情的本质
一个诗人落进我的眼里
梵高在世无人问津
济慈把流逝的岁月镀上了金
伟人的作品后人自有评说
但后人都能一一道破？
在有限的生命里
我的无情不值一说
生命　那才是一个无情！

时间的无情
让我抛弃香味的缭绕
此刻春城的蓝天
白云朵朵
我捧起迦太基的辉煌
在午后的品茶时光
用智者的论著
把无情二字重新改写
时间总会一点点
还原真实的原貌
无情只存在于我的时间

历史的无情
让我放弃香吻的煎熬
此刻校园的四周
波光粼粼
我想起阿兹特克的文明
在余香的闪烁时光
用圣人的预言
把无情二字重新领悟

历史总会一点点
回归真实的故事
无情只存在于我的历史

生命的无情
让我扔弃香料的诱惑
此刻庭院的花草
含情脉脉
我吟起济慈的《夜莺颂》
在追梦的旅途时光
用诗人的音符
把无情二字重新书写
生命总会一点点
接近真实的生活
无情只存在于我的生命

在午后的品茶时光
我亲吻了无情
无情随香山红叶飞落离去
留一个智者
让我细细品嚼其论著

在余香的闪烁时光
我拥抱了无情
无情如天空浮云虚幻离去
给一个圣人
让我慢慢吞咽其预言
在追梦的旅途时光
我交汇了无情
无情伴冬日寒流呼啸离去
赠一个诗人
让我默默吸吮其音符

无情
最是有情！

放牛的三叔与孤独的诗人

赶着活泼乱跳的心
和婆娘一样忠厚温顺的牛
走在那条弯弯曲曲的山路
放牛的三叔
看不见诗人歌颂的
一个个祖先的印迹
诗人不放牛
不懂雨会打湿　冲洗
风干之后
隐约可见爷爷的脚印
清晰的是自己的

躺在阳光明媚的山坡上
牛在悠闲惬意吃着草
云如牛一般安静地飘呀飘
放牛的三叔

理会不了诗人比喻的
一朵朵白云似的人生
诗人不放牛
不懂飘浮的云虚幻
不及自己咂吧着旱烟实在
想着想着
暖洋洋有了睡意
蒙眬中梦见了隔壁的阿花

和着饥肠辘辘的叫声
迎着日落西山的晚霞
不急不忙往回走
放牛的三叔
想不通诗人哀伤的
一首首黄昏的美丽
诗人不放牛
昨天的黄昏
不见得比今天更美
明天说不清
兴许下雨呢
三婶那双会笑的眼睛

才是不变的

放牛的三叔
不时想起学堂里的诗人
孤独的诗人
一心品着自赏里的孤芳

自然界给了神谕
放牛的三叔和孤独的诗人
抱起自己的女人时
看见的都是硕大的乳房

无题

我俗吗
俗
俗得想成为诗人
我雅吗
雅
雅得想钻进被窝

我狠狠地给了自己一拳
把俗打了个稀巴烂
我猛猛地脱了一个精光
让雅把自己灌了个大醉

人生
活就活个真实
要就要个见底
俗和雅
并行于萨玛格的路上

一堆白菜

我看见菜市场的白菜
一堆一堆
走近的人
眼里不闪一点霞光
随手一拿
交钱
走人
我远远瞅见
心被伤得彻底窒息
我的诗与白菜狭路相逢

萨玛格如是说

问：一个人活着的意义是什么？

答：追求你想要的生活。

真实坦荡于你的内心！

问：我如何知道自己想要的生活？

答：舍弃不想要的。

问：都不想要呢？

答：全舍弃，从零开始选择。

问：我怕失去后一无所有。

答：怕意味着你想要。

问：世间有永恒吗？

答：你想有就有，你不想有就没有。

问：我想有。

答：永恒一直驻扎在你心里。

问：那为什么他会离开我？

答：离开你的只是一个躯体，你心里的永恒只属于你！

问：什么东西既是永恒的又能让我感受活着的意义？

答：唯有爱！

问：我怎么让别人爱我？

答：爱不是让别人爱你，而是你要学会爱别人。

问：我没有能力呀！

答：你看到我在微笑了吗？

你的世界好大!

一声尖叫
你的骏马载着你飞奔离去
而我
依旧赤脚走在雪地
后面
一群狼狗在追赶
头上的云独自在飘浮
没有时间
为我的双脚注入活力
我面无表情
心在滴血

你一直想要绚丽的光
我却是一道眩晕的影
你直立在光辉之下
我佝偻在黑夜之中

你在繁星点点中迈向荣耀
我在零星泠泠中做回自己
这一声尖叫
只是加速了你离去的步伐
滴血的心
总要自己来舔

我从雪地的脚印
看见了自己的渺小
抬起头
却远远瞅见
你的世界好大！

沉默是难以言状的痛

因为
一朵花的含苞待放
风
急不可耐
用狂热亲吻了花蕾
花
凋零中悄无声息
用沉默
回应了风的爱

因为
一片雪的漫天飞舞
雨
迫不及待
用狂野拥抱了雪花
雪

融化中无声无息
用沉默
回应了雨的爱

因为
一枝叶的苍翠欲滴
霜
心急如焚
用狂欢交汇了叶片
叶
枯萎中不知不觉
用沉默
回应了霜的爱

花的美
虽未见赏花识香之人
但花之美岂止其形
而痛中的沉默
胜过千言万语
凋零中存在在延续
美丽在自然世界中

重新诠释其意义

雪的美
虽未有怜香惜玉之人
但雪之美岂止其貌
而痛中的沉默
盖过一言九鼎
融化中生命在延续
美丽在宇宙轮回中
重新升华其内涵

叶的美
虽未遇高山流水之人
但叶之美岂止其状
而痛中的沉默
越过山盟海誓
枯萎中灵魂在延续
美丽在物种进化中
重新选择其价值

痛

是花　是雪　是叶
是成长中的
一束束光抑或一把把箭？
照亮黑夜还是黯然失色？
选择权在每个人心里
萨玛格诗篇里的
每朵花　每片雪　每枝叶
用世间最美的语言——沉默
作为唯一的回应
其美难以言状

我相信

小时候
奶奶告诉我
云之上有一个国家
那里
没有饥饿
没有寒冷
爱笑的女孩
长大后
会成为那个国家快乐的女人

盼着盼着
长大了
妈妈告诉我
海之角有一个国家
那里
没有忧伤

没有眼泪
爱美的女孩
成人后
会成为那个国家幸福的女人

想着想着
成家了
先生告诉我
天之涯有一个国家
那里
没有烦恼
没有死亡
爱家的女孩
成熟后
会成为那个国家富有的女人

相信奶奶的话
笑一直挂在脸上
飞过一朵又一朵云
才发现
那快乐的国家一直在脚下

相信妈妈的话
美一直握在手里
渡过一片又一片海
才发现
那幸福的国家一直在眼前

相信先生的话
家一直记在心里
走过一段又一段路
才发现
那富有的国家一直在身边

我相信
他们说的国家在这里
这里就是他们所说的国家
因为
我的笑
我的美
我的家
一直在这里

我在路上

珠穆朗玛峰
不
我胆怯
从没有选择
更不敢攀登
我只知道
翻过老君山
这一个山峰
才是我的目标

亚当·斯密
不
我自卑
从没有理解
更不敢评说
我只能够

翻阅《国富论》
这一个论点
才是我的目标

泰戈尔
不
我渺小
从没有靠近
更不敢奢望
我只愿意
翻译《飞鸟集》
这一篇诗句
才是我的目标

井底之蛙
也有自己的一片天
仰望
等待
泉水涌喷
或倾盆大雨
蛙的世界

也有汇入大海的一天

我不过是蛙
蜂拥而至的路
或掌声雷动的峰
由他　她
我
时间从指缝穿过时
我在这一个山峰的路上
忧伤从指缝穿梭时
我在这一个论点的路上
爱情从指缝穿越时
我在这一篇诗句的路上
我专注于我的路
花开还是花落
由他　她
只要我还在路上

花之美

那么美丽的一朵花
凋谢前
依然绽放它的笑脸
风怜爱地停下了脚步
可一场雨
却自顾自
讥笑了花落的狼狈
那么小的一朵花
它想告诉雨
它为美而存在
也为成全雨的任性而凋谢
但花在上帝面前保持了沉默

那么美丽的一朵花
它开在原野的山坡上
它为骏马的纵横而鼓掌

也为云朵的自由而欢笑
它那么孤单
却依然吐露它的芬芳
可霜却把一年的寒
凝结于那么小的一朵花
它想告诉霜
它因美而跋涉
也为成全霜的岁月而离去
但花在上帝面前保持了微笑

那么美丽的一朵花
春夏秋冬
风吹雨打
它带着美的旨意而开
也带着美的意义而谢
雨如何无情敲击
霜如何无心拷打
在上帝面前
它始终面带微笑而沉默

我为那么美丽的一朵花

而整夜吟诵
希望有赏花之人
能和我一起
为花之美而点亮星星的眼睛
所有的花
将为普天之下你我的心
指明一条神圣的天堂之路
那么小的一朵花
它的美在生命尽头吟唱
你听到了吗？

物极必反

热闹
像一瓶带蜜的毒药
吞噬
浪花可能远眺的海岸
风铃可以聆听的妙语
孤独
是一剂含泪的良药
配送
云朵可能享受的自由
青草可以山盟的真实

舒适
像一场带甜的美梦
消耗
光阴可能触及的山峰
岁月可以累积的火焰

疼痛
是一声震耳的警钟
敲醒
蓝天可能奔跑的极限
红叶可以海誓的纯洁

自然之法则
玄机重重
热闹未必能
掩盖浪花之孤独
孤独也许能
催生云朵之丰富

人生之辩证
迷雾茫茫
舒适未必能
挽留光阴之疼痛
疼痛也许能
企及蓝天之高度

未见分晓前

别妄下定论
一切皆有可能
物极是否必反
关键在
极是否一直在心上
爱是否一直伴左右
无数的星星
早把答案公示于众
你抬头可看见否?

中国女人

太阳照大地
人间的热闹历数上演
是的　成功的男人们
此时
可以点燃月亮的激情
吐一口长长的烟圈
而女人们
佝偻着身躯
把成功男人的生活
清洗成一条悠哉的河流
钟点工的薪水
没门！
中国女人等星星睡觉时
喝了一口水

春风绿九洲

外面的喧哗层出不穷
是的　优秀的男人们
此时
可以指点江山的浪漫
写一首浓浓的诗篇
而女人们
挥舞着双手
把优秀男人的生活
打造成一湾清香的堤岸
胖厨娘的报酬
没戏！
中国女人等落叶飘飞时
闲了一会儿

喜鹊传捷报
人生的风光接踵而至
是的　骄傲的男人们
此时
可以书写沙漠的孤烟
选一出红红的光景
而女人们

夹杂着碎步
把骄傲男人的生活
缝补成一块美丽的花园
贤内助的收入
没劲!
中国女人等头发花白时
停了一小步

中国女人
家里躺着成功男人
中国女人
心里想着优秀男人
中国女人
梦里牵着骄傲男人
中国女人
依然是普通的中国女人

什么是年轻

你我
在一个世纪里交接
谁比谁年轻?
你初出茅庐
如果从未有崭新的目光
也从未用你的双脚踏足陌生的领域
你未来之路早已铺满脚印
你谈何年轻?
莎士比亚活到现在
还将活到明天
你呢
你的存在
扬不起一粒尘土
也不曾抖擞一下你的天空
你谈何年轻
年轻与年龄无关

你我在不同世纪里交汇
谁比谁年轻?
你高瞻远瞩
用你睿智的光辉照亮未来
用你美丽的人生驱逐黑夜
用你鲜活的生命传递能量
我谈何年轻
如果我
无力冲破层层困惑
不曾汲取你的营养
不敢尝试孤独跋涉
一年一年的时光里
流逝的是分秒
而我日复一日
我又谈何年轻
年轻与时间无关

无论何时何地何人
年轻
注定在生命流转的瞬间

天空将扬起一股
新鲜的气流
大自然乐于陶醉其中

他和她

他
不屑于评说
她的字句
她
看不见山背后的忧伤
也听不到风中的绝望
在大山里
对着痴情的狂风：
咯咯！咯咯！咯咯！
赤裸裸与风的交汇中
闲听风的高谈阔论
傻笑中
跨越了历史的天空

他
不留意评判

她的诗篇
她
写不出水流动的牵挂
也写不了酒后的苍凉
在书桌前
对着痴情的光景：
嘿嘿！嘿嘿！嘿嘿！
美滋滋与夜的交融中
偷听夜的窃窃私语
痴笑中
超越了现实的世界

他的世界充斥着诗人的酒
唯有远离尘土方可解读
她的生活摇曳着凡人的梦
只要走进现实梦想成真

他字里行间流露的痛
与马车夫无关
她喜笑颜开诠释的爱
连山羊都欢蹦

他走在前面
被人群所簇拥
不曾回头
她坐在树下
任风儿轻轻欢送
默默注视着他的背影
轻轻地笑了

人生不过如此

步履蹒跚在前行
路途上
除了风的呼啸
还有裸露的岩石
发出刺耳的讥笑
没有人
从昨天的轻盈脚步
收获人生的踌躇满志
质疑声
一声紧似一声
叩问：
曾经的一条条路径
落下的苔藓

我在这里
用上帝之回音内省

沧海之水
巫山之云
不过是刺棘鸟的绝唱
即便
鲜花簇拥
掌声雷动
我们的笑容里
命运之神的利箭
再次划破
昨天愈合的伤口
盐让伤口的痛
惊醒我们今天的存在

收拾完残羹剩汤
用一缕阳光
先驱散大地
久久笼罩的雾霾
北方的雪
南方的雨
不过是自然抚摸天空
而赋予神灵的回眸一笑

放下或收下
所有的所有
能笑谈今生前世
你和我
就似星空下的两滴露珠
重逢
即将迎来死后重生之美
停下脚步
先斟一杯清泉
闭目而三思

步履维艰的我
看见远方的骆驼
在撒哈拉沙漠悠然前行
我放下一切
站在罗卡角
对着大西洋喃喃自语：
人生不过如此！

爱情中的沉思

我的爱情与你无关

在漫山遍野的花丛里
吹一朵蒲公英
心里乐开了花
十七岁的那一年
懵懂不经风雨的我
横冲直撞
碰巧你在此时
吟诵了莎士比亚的十四行诗
我用含苞待放的花蕾
初吻了你的声音

在杂草丛生的峡谷边
翻一座仙人坡
心里泪开了花
二十七岁的那一年
困惑不解世事的我

瞻前顾后
碰巧你在此时
轻抚了波罗的海的十六层浪
我用飞流直下的瀑布
热吻了你的拥抱

在四面楚歌的沼泽地
涉一滩翡翠湾
心里累开了花
三十七岁的那一年
追逐不言放弃的我
勇往直前
碰巧你在此时
奉献了库肯霍夫的十八朵花
我用逝水年华的清泉
拥吻了你的芳香

在风吹草动的夜空下
寻一宿安稳觉
心里寻开了花
四十七岁的这一年

反省不知天高的我
痛定思痛
是否碰巧有一个人
解读了纳西女人的九九密码
我愿用夜晚的沉沉无眠
醉吻你的款款深情

我的爱情
存在于我的生活
碰巧你出现在此时
我的爱情开了花
你走来或离开
不曾改变我的爱情
我的爱情
缘于我心中的爱情
与你无关
与碰巧出现的你相关
此时
你在哪里?

你的爱带走了我的泪

没有人
把我当女孩来宠
我的情人们
耗尽我的才情
留一个寒冬让我面对
他们对我的号叫
视若无睹
留一个冷漠的背影
让我在雨中哆嗦
天各一方
你却在雨中
为我撑一把油纸伞
默默无语
任凭我的泪水汇入雨滴

没有人

把我当女人来爱
我的情人们
享用我的才能
留一个深夜让我惆怅
他们对我的低泣
充耳不闻
留一个冷漠的眼神
让我在风中哆嗦
天南地北
你却在风中
为我唱一曲忘忧草
小心翼翼
任凭我的悲伤汇去风沙

没有人
把我当女神来供
我的情人们
淹没我的才华
留一个空白让我悲伤
他们对我的沉默
无动于衷

留一个冷笑的表情
让我在泪中颤抖
天荒地老
你却在泪中
为我亲一下命运神
鼎力相助
任凭我的美丽汇聚天涯

我的纯洁无瑕
在你拥抱的夜夜
绽放了一个女孩的笑脸
我的温柔美丽
在你爱意的天天
释放了一个女人的性感
我的孤独才情
在你香吻的时时
书写了一个女神的传奇

我不知道
从不知道爱情像什么
我只知道

你的爱带走了我的泪
我的脸上
挂满了熟透的葡萄

宝贝　那才是你的

当我蜷缩在阴暗的角落
偷窥雄鹰的天空
落叶无情拍打我的脸
我的心沉沉入底
此时
你从彩云之上
送一片枫叶轻抚我心
缓缓牵着我的手
指向一片无边无际的蓝天
耳语于我：
宝贝　那才是你的天空

当我裸露在寒冷的冬季
嫉妒春天的温暖
雪花肆意吹打我的脸
我的心冷冷结冰

此时
你从原野尽头
送一曲牧歌暖抚我心
悠悠牵着我的手
指向一片茫茫无垠的草原
吻语于我：
宝贝　那才是你的人生

当我滞留在忧伤的回忆
摧残明天的美好
时间嫌弃毒打我的脸
我的心灰飞烟灭
此时
你从大海之滨
搭一股东风安抚我心
轻轻牵着我的手
指向一片辽阔无际的大海
私语于我：
宝贝　那才是你的世界

我的天空

没你指的那么蓝　那么高　那么宽
但我的情人
你轻抚我心的那刻
我追随雄鹰
再次向我的天空飞翔
无边无际的蓝天
值得我去遨游

我的人生
没你指的那么红　那么广　那么远
但我的情人
你暖抚我心的那刻
我追赶春天
再次向我的人生挑战
茫茫无垠的草原
值得我去驰骋

我的世界
没你指的那么美　那么深　那么大
但我的情人
你安抚我心的那刻

我追寻明天
再次向我的世界冲刺
辽阔无际的大海
值得我去远航

端起酥油茶
我会用玉龙雪山的魂
书写萨玛格的天空
喝干青稞酒
我会沿金沙江的波涛
诗意萨玛格的人生
跳起阿里里
我会把纳西古乐的灵
舞动萨玛格的世界

我的情人
这才是我的

那年　那月　那夜

那年
桂花初开的山坡上
蓝天飘下朵朵白云
小溪不知疲倦地欢唱着
背起行囊的你
撩拨起阵阵涟漪
你懵懂中恐惧
情窦初开
而我
来自丽江的萨玛格女孩
正想亲吻下
心花怒放的青涩
怕一旦错过
时间不再给我拥抱青涩的机会

那月

来去匆匆的人群中
微风送来清清花香
高楼不知羞涩地伸张着
寂寞茫然的你
勾唤起朵朵浪花
你冲动中避让
情不自禁
而我
来自丽江的萨玛格女子
正想感受下
爱在深秋的战栗
怕一旦错过
岁月不再给我品尝战栗的味道

那夜
雨打芭蕉的乐曲里
思念揪住颗颗泪珠
月光不知忧愁地闪烁着
书写历史的你
翻滚起点点风沙
你燃烧中沉思

情义无价
而我
来自丽江的萨玛格女人
正想享受下
欲说还休的思念
怕一旦错过
生命不再给我触摸滑落的眼泪

那年
你脚踏实地地走出大山
虽错过了懵懂的青涩
却凝练了着眼未来的放矢
而我　萨玛格女孩
亲吻青涩的懵懂时
也品尝酸酸的少女情怀

那月
你循规蹈矩地走向成熟
虽错过了冲动的战栗
却掌控了凌驾生活的节奏
而我　萨玛格女子

拥抱战栗的冲动时
也感受苦苦的失恋情怀

那夜
你小心翼翼地走进内心
虽错过了燃烧的思念
却积聚了绽放人生的力量
而我　萨玛格女人
享受思念的燃烧
也触摸淡淡的忧伤情怀

你得到的因你而得
我得到的因我而得
得没有对错
失也不存在好坏
你的美因你得而徐徐升起
我的美因我得而缓缓舒展
你的美因你失而内敛
我的美因我失而坦荡
你伴你的美向我走来
我用我的美向你召唤

你的美因我而爆发
我的美因你而落泪

那年　那月　那夜
你很美!
那年　那月　那夜
我也很美!

它一生只想有一个情人

立冬后的北京
香山的红叶漫天飞舞
每一片红叶
用一个秋天
等待用心看它的人
来静静观赏它的美丽
立冬之后的一场狂风
一片片红叶
带着孤独飘落
直到消失在生命尽头
它的灵魂里
一生只想住着一个情人
可那情人
终究姗姗来迟

立春后的丽江

玉龙的白雪冰化雪融
每一朵雪花
用一个冬天
等待用心牵它的人
来静静温暖它的美丽
立春之后的一场阵雨
一朵朵雪花
带着哀怨融化
直到消失在生命尽头
它的手心里
一生只想牵着一个情人
可那情人
终究遥遥无期

立夏后的昆明
春城的蓝天情窦初开
每一朵云彩
用一个春天
等待用心爱它的人
来静静亲吻它的美丽
立夏之后的一场暴雨

一朵朵白云
带着失意吹散
直到消失在生命尽头
它的欲望里
一生只想爱着一个情人
可那情人
终究竹篮打水

立秋后的香格里拉
依拉的绿野苍翠欲滴
每一片草原
用一个夏天
等待用心梦它的人
来静静颂扬它的美丽
立秋之后的一场疾风
一片片草原
带着悲伤淹没
直到消失在生命尽头
它的眼泪里
一生只想念着一个情人
可那情人

终究空梦难圆

香山的红叶
一直在等待
那个灵魂里的情人
偶遇过
但偶遇了肉体
灵魂却各奔东西
玉龙的白雪
一直在等待
那个手心里的情人
牵手过
但牵手了肌肤
手心却冷若冰霜

春城的蓝天
一直在等待
那个欲望里的情人
恋爱过
但恋爱了身体
欲望却南辕北辙

依拉的绿野
一直在等待
那个眼泪里的情人
挂念过
但挂念了眼睛
眼泪却灰飞烟灭

它
香山的红叶
玉龙的白雪
春城的蓝天
依拉的绿野
即便孤独
即便哀怨
即便失意
即便悲伤
一生也只想有一个情人

她是我的诗人

骄阳似火的七月
一个纳西小女人
用七月特有的炙热
烘托了
拉市海的童年回忆
那回忆装满了忧伤的思念
蕴含了
康德式的哲理思辨
那思辨透析了质朴的洞见
装饰了
茉莉花的唯美追求
那追求裸露了爱情的直白
当我翻阅她的诗篇
沉寂的火山迎来了喷发的壮丽
火山告诉我：
她是我的诗人

一叶知秋的九月
一个自由小女人
用九月特有的温婉
采摘了
黑龙潭的节日片断
那片断包裹了哀怨的思绪
点拨了
石月亮的静谧沉思
那沉思彰显了文化的高远
涉足了
设拉子的浪漫底蕴
那底蕴成就了诗人的才情
当我吟诵她的诗篇
平静的大海掀起了怒放的壮美
大海告诉我：
她是我的诗人

滴水成冰的十一月
一个真实小女人
用十一月特有的深情

送来了
玉龙山的朵朵雪花
那雪花融化了愁绪的思乡
解锁了
傈僳人的层层密码
那密码凝聚了智慧的自豪
拥抱了
百合花的夜夜芬芳
那芬芳熏陶了旅者的孤独
当我镶嵌她的诗篇
空寂的天空绘制了多彩的壮锦
天空告诉我：
她是我的诗人

我翻越一座座山
没看见山里是否有神仙
当我翻阅她的诗篇时
我看见了摄魄勾魂的女神
我启航一条条路
没听见风里是否有歌声
当我吟诵她的诗篇时

我听见了动人心弦的情歌
我驰骋一片片天
没碰见云上是否有玄机
当我镶嵌她的诗篇时
我碰见了却上心头的九玄
她是我的诗人

从第一次翻阅她的诗篇
我的生活注定
她是我的诗人
美丽的诗人
从第一次吟诵她的诗篇
我的爱情宣告
她是我的诗人
温柔的诗人
从第一次镶嵌她的诗篇
我的人生捆绑
她是我的诗人
永远的诗人

她是我的诗人

爱如深秋

你的眼睛如一潭故乡湖水
似深秋
爱意浓浓的私语
我的心一直在战栗
迫不及待
想成为你眼里的一滴泪
一直挂着
跨越一个又一个深秋

你的话语如一座高黎贡山
似深秋
意味深长的注目
我的心不停在狂跳
急不可耐
想成为你话里的一首诗
一直存着

温暖一个又一个深秋

你的手心如一片香山红叶
似深秋
哀怨婉转的意会
我的心持续在颤抖
压抑不住
想成为你手里的一颗痣
一直留着
陪伴一个又一个深秋

你的拥抱如一段故宫恩怨
似深秋
情恨交错的表露
我的心持久在奔跑
情不自禁
想成为你心里的一个字
一直写着
燃烧一个又一个深秋

我的眼睛似月亮

阳光下的璀璨
我远远地远远地走了
深秋里的湖水
我近近地近近地来了
冷挂在天空
美滴落你眼睛

我的话语似琴声
掌声下的荣耀
我悄悄地悄悄地别了
深秋里的贡山
我静静地静静地弹了
淡存在野外
浓亲吻你话语

我的手心似酒窖
喧哗下的热闹
我冷冷地冷冷地跑了
深秋里的红叶
我暖暖地暖暖地抱了
假留在风里

真铭刻你手心

我的拥抱似百合
青春下的追逐
我默默地默默地躲了
深秋里的故宫
我笑笑地笑笑地阅了
泪写在字外
爱诗韵你拥抱

深秋
战栗的湖水
带来了一潭浓浓的情
狂跳的贡山
送来了一座绵绵的味
颤抖的红叶
飘来了一片婉婉的歌
奔跑的故宫
迎来了一段暖暖的诗

深秋

爱如深秋
深秋
我爱深秋

深秋里你的爱
占有我的肉体
独吞了我的梦
深秋里我的爱
交汇你的灵魂
俘获了你的心

深秋
只属于你和我
深秋
爱如深秋
深秋
我爱深秋

爱　不是一个字

人们轻易说出了爱
我的情人
爱是那样辽阔
林中的鸟儿
也只敢在天空盘旋
我如此渺小
怎敢轻易
把爱挂嘴边

人们脱口说出了爱
我的情人
爱是那样深远
水里的鱼儿
也只能在大海遨游
我如此无能
怎敢脱口

把爱遛嘴边

人们任意说出了爱
我的情人
爱是那样美妙
园里的玫瑰
也只会在四季芬芳
我如此卑微
怎敢任意
把爱黏嘴边

人们随便说出了爱
我的情人
爱是那样忘我
雾里的露珠
也只有在清晨叮咚
我如此无知
怎敢随便
把爱含嘴边

人们无心说出了爱

我的情人
爱是那样真实
夜里的思念
也只想在眼泪打滚
我如此浅薄
怎敢无心
把爱留嘴边

爱不是一个字
我的情人
我会用一生来书写
只怕我仍将胆怯地
躲在爱的背后
恐惧肉体的贪婪
暴露我对爱的一无所知
我的情人
我会用身心来诠释
只怕我仍将愚蠢地
走在爱的前面
恐慌灵魂的冷笑
扫荡我对爱的一无所有

我的情人
请从萨玛格
眼里滑落的泪
夜里梦过的花
手里飞来的暖
发里藏着的香
话里笑开的云
诗里露出的情
来细细品味那个字
爱
在萨玛格的字典里
不是一个字！

爱从我心上划过

爱
如果可读
那喜悦
美滋滋地甜在心里
我的眼可随我的心
一起欢笑
爱
如果不读
那沉默
泪汪汪地苦在心里
我的眼在笑
但我的心已哭
读还是不读?
我选择了哭!

爱

如果可触
那激动
笑眯眯地爬上眉头
你的眼可随你的心
一起欢乐
爱
如果不触
那距离
冷冰冰地摔下眉头
你的眼在乐
但你的眉已愁
触还是不触？
你选择了愁！

爱
如果可吻
那陶醉
飘然然地坠入梦里
我的话可随我的心
一起畅快
爱

如果不吻
那压抑
黑压压地锁入梦里
我的话在飞
但我的心已止
吻还是不吻?
我选择了止!

爱
如果可梦
那销魂
晕乎乎地透进体内
你的话可随你的心
一起酣畅
爱
如果不梦
那窒息
沉甸甸地钻进体内
你的话在舞
但你的心已关
梦还是不梦?

你选择了关!

大雁南飞的第一天
丘比特的箭射在我心上
那爱匆匆从我心上划过
我无力企攀大雁的高度
但划过的爱已留下痕迹

夜曲放飞的第一天
温暖的风突袭在我心上
那爱阵阵从我心上划过
我无法吟唱夜曲的深度
但划过的爱已拍下画面

梦想起飞的第一天
芳香的情滞留在我心上
那爱浓浓从我心上划过
我无处启航梦想的宽度
但划过的爱已存下记忆

红叶飘飞的第一天

刻骨的想笼罩在我心上
那爱重重从我心上划过
我无情封冻红叶的浓度
但划过的爱已写下传奇

我
一个纳西女子
不懂爱要怎么读
不知爱要怎么触
更不晓爱要怎么吻
也不明爱要怎样梦
但爱从我心上划过时
我懂心不再属于我
我知梦不再属于我
我晓我不再属于我

爱从我心上划过
我的情人
你的心
你的心可曾有爱划过
我读不出爱

是因为我的心
已被爱划得无法吱声
我触不了爱
是因为我的心
已被爱划得无法动弹
我吻不了爱
是因为我的心
已被爱划得无法安身
我梦不了爱
是因为我的心
已被爱捆绑得无法呼吸

我的情人
请听我一句临别誓言：
我的心已被爱划过
那划的人正是你呀！你！

爱情是什么

那一句话让心颤抖时
我以为那一句话
会像磁铁一直附身矿石
引力会留住永恒
我把心清空
只为独享那一句话
所有美妙的语言
在那一句话面前缴械投降
那一句话之后
岁月历经沧桑
回忆滴落黑夜
才知道无数的一句话
方能持久拨动心弦
那一句话只是灵光一现
那一句话之后的
每句话的牵挂才是爱情

那一滴泪让心揪紧时
我以为那一滴泪
会像月亮一直斜挂树梢
美丽会温暖星空
我把眼闭上
只为独享那一滴泪
所有奇妙的泪水
在那一滴泪面前仓皇出逃
那一滴泪之后
人生洗尽铅华
时间吹干尘埃
才知道无数的一滴泪
方能真切滋润心房
那一滴泪只是一时冲动
那一滴泪之后的
每滴泪的感动才是爱情

那一次吻让心眩晕时
我以为那一次吻
会像春风一直歌唱太阳

灵魂会激活肉体
我把梦放飞
只为独享那一次吻
所有绝妙的香吻
在那一次吻面前索然无味
那一次吻之后
风雨敲打门窗
四季看破媚俗
才知道无数的一次吻
方能无缝拥抱心扉
那一次吻只是飞沙走石
那一次吻之后的
每次吻的迷恋才是爱情

那一夜醉让心悬空时
我以为那一夜醉
会像空气一直萦绕宇宙
存在会忘却一切
我把夜厮守
只为独享那一夜醉
所有玄妙的痴迷

在那一夜醉面前缄默无语
那一夜醉之后
浪漫游荡天涯
孤独成就才情
才知道无数的一夜醉
方能永恒书写心花
那一夜醉只是乱石穿空
那一夜醉之后的
每次醉的交汇才是爱情

你在爱情的左边徘徊
我在爱情的右边前行
人生的奥妙
不在于恐惧爱情本身
而在于恐惧从不曾相逢爱情
人生的巧妙
不在于惶恐爱情得失
而在于惶恐从不敢品尝爱情
人生的精妙
不在于胆怯爱情故事
而在于胆怯从不想书写爱情

你的人生如果有爱情光顾
那一行白鹭上青天的人生
定会让世界记住你
我的人生历来与爱情为伴
爱情里的眼泪和永恒
成就我的美丽和诗意
定会让世界惊艳于我

爱情是什么
爱情就是你和我

上帝啊! 让我做一次贼吧

我是一个流浪儿
世界就是我的家
走走停停　停停走走
没有终点
《国家地理杂志》有我的足迹
那一天
漫步于不知名的小镇
她一袭红发从窗台向外眺望
雪白的肌肤把她的微笑
衬托成天使
美丽的天使
我的心停止了跳动
不
我的心已被偷走
上帝啊
让我做一次贼吧

我想偷走一颗年轻的心
让她融化我的生活
融化春秋

我是一个独行侠
自由就是我的梦
走走想想　想想走走
没有尽头
《斯卡布罗集市》有我的味道
那一天之后的那一时
她从台阶轻盈地向我走来
湛蓝的双目把她的深邃
撩拨成妖精
美丽的妖精
我的魂没有了灵动
不
我的魂已被偷走
上帝啊
让我做一次贼吧
我想偷走一样最好的东西
让她绽放我的生命

绽放不朽

我是一个孤独者
酒窖就是我的诗
走走醒醒　醒醒走走
没有彼岸
《一千零一夜》里有我的故事
那一时之后的那一刻
她启动红唇有如夜莺歌唱
光晕的绰影把她的过去
定格成神话
美丽的神话
我的人脱离了存在
不
我的人已被偷走
上帝啊
让我做一次贼吧
我想偷走一次唯一的机会
让她交汇我的至爱
交汇永恒

上帝啊
所有的错都源于她
那一天之前
我不知偷为何意
那一时之前
我不知偷有啥用
那一刻之前
我不知偷会怎样
那一天之后
我请求上帝给我一次做贼的机会
偷一颗心是我活着的意义
那一时之后
我请求上帝给我一次做贼的机会
偷一样东西是我活着的价值
那一刻之后
我请求上帝给我一次做贼的机会
偷一次机会是我活着的见证

上帝啊
让我做一次贼吧
《国家地理杂志》仍将有我的足迹

《斯卡布罗集市》仍将有我的味道
《一千零一夜》里仍将有我的故事
因为她
我的心、我的魂、我的人
已被她先偷走
看在她的份上
上帝啊
让我做一次贼吧

因为爱

如果滴落文字的音符
能长长诉说爱的忧伤
那我情愿在雨中独饮
只等文字上的忧伤
把我心里的那一团火
彻底浇灭
否则我会孤注一掷
燃烧自己

如果捕捉光影的画面
能深深悉数爱的愁绪
那我情愿在风中啜饮
只等光影中的愁绪
把我心里的那一潭水
完全填平
否则我会奋不顾身
沸腾自己

如果定格深夜的话语
能久久抚慰爱的飘零
那我情愿在月下醉饮
只等深夜里的飘零
把我心里的那一丛草
全部拔除
否则我会义无反顾
攀越自己

如果游历四海的情怀
能静静陪伴爱的孤寂
那我情愿在他乡狂饮
只等四海的孤寂
把我心里的那一抹灰
统统洗净
否则我会勇往直前
放飞自己

所有的情愿
只源于爱

眼泪是最美的表白

一个人静悄悄
坐在一张红红的椅子上
右边大玻璃窗外
零星的草是绿的
肆意的光是亮的
飞机起起又落落
偌大的候机厅没有一个人
我没笑也没哭
静静地看向撒哈拉沙漠
红海飞落的露珠
正在那里漫天飞舞

我的感觉徐徐向空洞靠近
片刻　停留　永恒
欲望仍在无穷无际膨胀
像泰森的拳击中我的身躯

在云端碰撞出火花的瞬间
世间万事万物过眼云烟
唯有火花的美
真真切切证明存在的意义
一夜的轮回
刹那间丈量出了
天堂和地狱的距离
中间挂满了
片片雪花凝结的串串露珠

我静静地直视沉甸甸的空洞
瞅见萨玛格的眼睛
那里隐藏了难以察觉的露珠
颗颗都是晶莹剔透
我想把露珠含在嘴里
可层层迷雾蒙住我的双眼
蒙娜丽莎微笑里的凄美
那深不可测的凄美
让迷雾越来越重
露珠记录了迷雾的往事如烟

临别前

想再一次用灵魂

把你一生狠狠地狠狠地交汇

可眼睛里的露珠

那么静谧　柔和　真实　纯洁

我不得不止住欲望

深情吻别了最美的那颗露珠

爱从东边升起

小鸟娇滴滴的
在窗外撩拨一天的美好
树叶痴情地听着
忘记啜饮浓香的卡布奇诺
直到那昨夜的风
悄悄把它轻吻
爱从东边缓缓升起

小鸟如此琴瑟和鸣
犹如祖国母亲声声呼唤
她的宝贝儿女们
红土地　黄土地
追忆着昨天的
甲骨文　山顶洞人
朱熹　清明上河图
……

母亲的骄傲
你的儿女又怎能不奋斗呢
爱从东边满满升起

窗外的小鸟
叫醒了东边的太阳
爱从东边升起

思念挂在床头

我走后
请把思念长长挂在床头
夜的寂静会掏空心
把你的每一根神经钉在十字架上
我的情人
无眠时
取下思念拿到手心搓搓
那余热会暖你进梦乡
那里
我正吹箫独上船头
泪随长发而荡成浪花
浪花里的忧伤
期盼你手心里的温暖
时空怎能阻挡爱的荡漾

我不奢求你的前世

也不要你许诺今生
我献不上她们的虔诚崇拜
我有的只是
拉市海的纳西小女孩
躺在蓝天下
听奶奶讲故事的回忆
那回忆里挂着的思念
是否撞击了你的灵魂
你在夜里
可长长地聆听
慢慢选择回应或关闭

我想要的爱情
只在此时此刻
如若灵魂缠绵
那世间
所有的过往将是浮云
你入我骨
我融你血
的分分秒秒
如果不足以写尽爱

那世间何为爱情

我走了
我把长长的思念挂在床头
方解此情
前世的修行
今生的承诺
只为床头那长长的思念

我忍不住爱上了你

没有人愿意
变成天上的一朵云
为我点缀那一片蓝的色泽
而你愿意
并且
随我到天涯海角
一直含情脉脉注视着我
泰姬陵前的黯然神伤
你竟然为我画出了彩虹
我忍不住爱上了你

没有人愿意
守候在黄昏的夕阳下
只为把枯黄的麦秆照出
守望者的痴情
而你愿意

而且
为我添上了画眉鸟的妖娆
只为集宠爱于我
你情不自禁的诗意传递
把我忍住的眼泪笑飞
我忍不住爱上了你

没有人愿意
视我的快乐为幸福
听我银铃般的欢笑
胜过天籁之音的魅惑
而你愿意
并且
小心翼翼靠近我的时候
自己宁愿伤痕累累

你一点一滴化石为金的时候
滴水穿石
我忍不住爱上了你

没遇见你之前

没遇见你之前
我一人悠然
漫步于狭长的小径
与风轻轻耳语
一起偷笑花的狼狈
与月朦朦相望
一起偷窥星的俏皮
心
心一直纯纯地闲着
只为遇见你

没遇见你之前
我单纯追逐
萦绕于梦境的爱情
与书惜惜亲亲
一起等待战栗的瞬间

与酒偎偎抱抱
一起期待酣畅的痛快
心
心一直净净的空着
只为遇见你

没遇见你之前
我睡得像小猪一样香
笑得比狗儿还要欢
遇见你之后
我一夜一夜失眠
心里的你上蹿下跳
心哪有闲

没遇见你之前
我走得像乌龟一样稳
飞得比鸟儿还要高
遇见你之后
我一步一步盘旋
心里的你跌宕起伏
心哪有净

可我的亲亲啊
亲亲
遇见你之后
我才像个大写的人
大自然的风
我开始掌舵
心的远方有你的眼睛
我怎能不心慌

可我的乖乖啊
乖乖
遇见你之后
我才变成一个真正的男人
生命里的航道
我开始点亮
心的前方有你的余香
我怎能不心跳

遇见你之前
我只是我

遇见你之后
我成为了我
我的亲亲
我的乖乖
趁夜幕完全笼罩前
我用体温把你的被窝烘烤
你只管把香甜的美梦来做

如果爱我

如果爱我
你的光与我的光碰撞
别忘了光影下重叠的无声
那束光绵长迂回
似天空飘浮的云
变幻无穷
但充满魅力

如果爱我
你的眼与我的眼相逢
别忘了眼泪下相似的沉默
那双眼的销魂闪烁
似黎明启程的昼
深不可测
但充满希望

如果爱我
用我的名字解开你的密码
密码里的字词
轻轻地吹着南国的风
眼泪随落叶飘落
我的眼透过云雾缭绕
用光照亮你的夜
重叠
爆发了惊雷

如果爱我
在天亮前把我锁在你心里
我会用夜莺的歌声
陪你把长长的夜书写
唯有我和太阳
才能成就你明日的光辉
你　如果爱我

我的爱情

如果移情
像苦涩的普洱生茶
品后的回甘
一样像梵高的向日葵
只留给为它落泪之人
而我
心里的情
一直像家乡的红辣椒
高高挂起
移与存只跟时间有关
我依然相信
我的爱情
美艳如红辣椒

如果背影
像寂寞的夕阳西下

刻骨的铭心
一样像晨曦的一缕光
只留给为它喝彩之人
而我
心里的恋
一直像家乡的红苹果
浓浓串起
去与留只跟变化有关
我依然相信
我的爱情
纯净如红苹果

我心中住着的爱神
从击打我灵魂的那天
一直与我击掌共鸣
如同我深深扎根的土地
时间和变化
只带走他和他的故事
而我心中的爱情
将与满天星星
永远闪烁在宇宙之中

为我的诗篇注入不竭的活力

你
从我身旁轻轻走过
碰巧翻阅了我的爱情
请留一个午后细细回味
从此你将点燃心中的光
相信了你的爱情
一直住在你心里

淡淡的喜欢

奶奶的眼睛
如夜空中的星星
滴落
方可抚摸
遥望
难以企及
如果爱
回忆的忧伤
挂满庭院的梨树
淡淡的喜欢
却可以
在月光下窃听星星的私语

情人的双唇
如春天里的柳絮
飘落

方可亲吻
遥观
翩翩起舞
如果爱
岁月的惆怅
填满水井的缝隙
淡淡的喜欢
却可以
在廊桥上偷窥柳絮的独舞

诗人的魂灵
如酒窖里的露珠
醉落
方可拥有
遥想
苍翠欲滴
如果爱
梦想的缥缈
掏空街头的思念
淡淡的喜欢
却可以

在字词间打趣露珠的孤芳

如果爱
我怕淹没于滚滚洪流
小荷尖尖难露角
我先斟一份
淡淡的喜欢
为爱作前序吧！

我是不是你梦里的女郎

庞贝火山
从你翻阅的书爆发
你心一沉
那重重的石头飞向你
凝重中回眸
我在海之滨向你招手
梦里的我
点石成金
敞亮了你心之沉

灵魂救赎
从你解码的书迸发
你心一紧
那层层的迷雾飘向你
前行中牵手
我在光之角向你微笑

梦里的我
轻盈一抚
松懈了你心之紧

走进你梦里的女郎
拨动你心弦
也掏空了你的心
而我出现在你梦里的时候
你的梦里星星闪烁
满地的红唇
盈盈活泼了你的梦

你从容醉入梦
摇醒后
现实因梦里的我而丰满
难道我不是
你期盼已久的梦里女郎?
我把自己挂在你床头
今夜是否魂牵梦萦
将应验
我是不是你梦里的女郎?

我的爱像我

当你话里的早春
撩拨我的长发
我本应该流浪
任春的萌芽
把我青春的空白独占
而我
却付出冰川般的沉静
我等你　亲爱的
流浪会让我长久叹息
我情愿
用宁静封存自己
也不愿
任春之花埋葬在天涯

当你手里的仲夏
爽透我的身体
我本应该追逐

任夏的高汤
把我生活的空白独吞
而我
却使出星空般的璀璨
我想你　亲爱的
追逐会让我恒久歇息
我情愿
用火焰燃烧自己
也不愿
任夏之梦夭折在沙漠

当你眼里的深秋
扼住我的咽喉
我本应该沉默
任秋的私语
把我深夜的空白独享
而我
却发出海啸般的呐喊
我爱你　亲爱的
沉默会让我持久窒息
我情愿

用呐喊震慑自己
也不愿
任秋之叶飘落在荒野

当你心里的暖冬
融化我的灵魂
我本应该瞭望
任冬的爱恋
把我人生的空白独秀
而我
却写出天使般的微笑
我要你　亲爱的
瞭望会让我永久安息
我情愿
用诗篇折磨自己
也不愿
任冬之雪含笑在大海

亲爱的
我的爱像我
真实而质朴

我本可以把爱压在心底
矜持出少女般的羞涩
让爱笼罩上
蝶恋花般的重重迷雾
但那不是我
生命如此短暂
爱值得把你我生活点亮

亲爱的
我的爱像我
独特而稀缺
我本可以把爱滴在心里
沉淀出少妇般的哀怨
让爱搅拌出
珊瑚岛般的层层眩光
但那不是我
生命如此脆弱
爱值得把你我灵魂浇灌

我的爱像我
唯美而直白

梦与爱情

爱情里
人们把自己看得太重
重得压住
来自爱琴海的风
我无言无语
飘落于沉寂的大地
把自己交给
一点一滴汇成的江河
你　游离于虚幻现实
我　行走于真实梦境
梦里
我为你脱去外套
你的身体余温犹存

上帝用一个个梦
解读了人类身体的语言

及内心压抑的欲望
一场风雨之后
长长的空洞的
黑夜会吞没一切
但所有的孤独和惶恐
在梦里一一被排解

我们选择爱情
除了孤独
还因为历史的尘埃落定
梦里飘飞着的一朵朵艳丽的花
每朵花都摇醒了
我们行将枯萎的灵魂
如果没有爱
梦终究也是苍白的

生活中的邂逅

邂逅美好

——送朋友张乐

第一次
听你的声音
音色里穿透
的厚重　质感　画面　意境
轻易俘获我的青睐
我躲进窗台
欣赏声音中所有的美好
语言的厚度
从来不是
百科全书能一一道破

第一次
面对面闲聊
举止间表露
的率真　纯朴　智慧　担当

轻易打败我的骄傲
我钻进地缝
反省人生中所有的美好
文字的广度
从来不是
字典能一一解读

你的声音里
娓娓道来
童年的天真回忆
故乡的挚爱记忆
爱情的忧伤追忆
散发着
早晨的慵懒时光
正午的激情时间
黄昏的温暖时辰
也有我
春夏秋冬的缠绵悱恻
还有我
舔着牙齿沉思的独白

声音里的美好
充其量
媲美我过往所遇的美好
不足以
打动我挑剔而骄傲的心
但你坐在对面
我知道
这个秋天不再属于我

我赤裸裸的生活
被你赤裸裸的真实
羞得低下了头
我和你可以抛弃梦想
但一定不会抛弃
寻找生活里的真实和
追求真实里的生活
当下
你的美好邂逅了我的美好
可否我们携手
把你的梦想和我的梦想
共筑成我们的梦想

一起用
上帝给我们的厚爱
去创造
滚动泪珠的美好呢

鼓掌前　让我先安静地离开

——送朋友张乐

请
别在人头攒动的时候
大声说爱我
最美的语言
是你小鸟依人时的呢喃
也许
你很在意
风花雪月之后的承诺
我只想
用双臂给你一个温暖
所有的承诺
在双臂中用温暖融化

请
别在世俗名利的面前

轻易地夸我
最美的语言
是你心心相照时的沉默
也许
你很在乎
年少成名之后的风光
我只要
用双脚走出一条小路
所有的风光
在双脚中用小路开道

请
别在邂逅美好的时候
公开地赞我
最美的语言
是你诗意浓浓时的吟诵
也许
你很希望
一掷千金的豪爽
我只求
用双眼发现一朵浪花

所有的豪爽
在双眼中用浪花翻滚

最美的语言留在夜里
温暖我的心
你知道　我这个男人
鼓掌前　让我先安静地离开

你的花比月儿更美

每年此时
春城渐入
秋意诗语的季节
我
打一个盹
从遥远的地方
吹来一股
花香浮动人未眠
的西北风
那风里夹杂的祝福和情意
我用自己的方式细细解读

你在黄河岸边
看羊皮筏子流经的岁月
可曾哀伤
时光匆匆带来的丝丝无奈
我在金沙江上

看波涛滚滚淘尽的豪情
未曾哀鸣
岁月匆匆带去的缕缕轻烟

你拥有的
从未失去
我失去的
从未拥有
你愿意抱着甜心的人儿入怀
还是愿意想起她
用深夜里的感动
消除今生所有的孤独
我承诺不了未来
也给予不了人们所说的爱情
我只能在星空中
传递一份希望
这希望让你在当下
穿透你的灵魂
放下心中的枷锁
用我独有的陪伴
让你释放最大限度的快乐

你愿成为我诗中的魂
可我才情薄浅
无力用妙笔生花
为诗赋上你的魂灵
我放空了所有的文字
终究撼动不了蜻蜓点水的命运

生命中并非都是擦肩而过
云朵之下
美丽的风儿
可以徐徐传递
生命中心动的点滴
即便你在黄河岸边
我在金沙江上
殊途同归汇入大海
浪花打起的旋律
可以温暖我们的途中

在春城秋意渐浓的早晨
你的花比月儿更美

你　是我的朋友

当我为失败而闷闷不乐
无端想怒火冲天时
看见你安详地面对失利
并为我送上一轮弯月
你　我的朋友
我羞愧难当
一次失败何以能戳穿我的丑陋呢

当我为失恋而痛不欲生
无故想一醉方休时
看见你微笑地面对失恋
并为我奉上一片丹心
你　我的朋友
我无言相对
一次失恋何以能击穿我的软肋呢

你　我的朋友
当我为一首怀旧情歌落寞时
却瞅见你的眼角有泪的印迹
当我从山坡将要跌倒的时候
却发现你早已伸出双手
当我一个人孤单无助时
却听见你银铃般的笑声破门而入

也许因一句话
认定你　是我的朋友
甚过认识了许多年的他们
一次失败
幸灾乐祸的眼神
出卖了他们的甜言蜜语
也许因一滴泪
认定你　是我的朋友
胜过相识了许多年的她们
一次失恋
暗中窃喜的话语
暴露了她们的花言巧语

你　是否是我的朋友
跟认识的时间无关
但时间会告诉我
你　才是我的朋友
我　是否是你的朋友
跟相聚的长短无关
但相聚会告诉你
我　才是你的朋友

大浪淘沙之后
冲洗走了泥沙
金子沉淀下来
沙灰提取之后
淘汰走了杂质
纯净萃取出来

你　是我的朋友
我　也是你的朋友

走近你

隔着云层
迷雾蒙蒙
一百万个分分秒秒
你奔走在你的金色大路
我爬行在我的羊肠小道
你抛弃爱情
寻找到心灵的家园
爱情抛弃我
魂牵到书写的乐园
拔开云雾
天空一直挂着一个字：爱

伪装躯体
疑虑重重
两万多个日日夜夜
你锁定在你的祖先荣耀

我沉醉在我的孤独世界
你拥有美好
运筹着文化的传奇
美丽拥有我
灵动着鲜活的文字
裸露肉体
心里一直存着一个字：爱

一百万个分秒的时间
你懂
说与不说
你的爱都独具魅力
我知
听与不听
我的情均独领风骚

两万多个日夜的时光
你梦
爱与不爱
你的心搁浅在沙滩
我想

愿与不愿
我的泪滴落在月下

分分秒秒走过层层迷雾
走近你的时候
我看到一个字
日日夜夜解锁重重疑虑
走近你的时候
我听到一个字
我靠着这个字甜甜入睡
我吻着这个字香香入梦
这个字缭绕我的全身
灼烧着我的欲望
这个字沸腾我的梦想
点燃着我的渴望

走近你
不经意打开了
一个崭新的世界
如铜鹿绽露头角
如独龙玉融心结

千百年的偶然回眸
轻轻地
走近你
也轻轻地
了了千百年的等待

相逢没有最美　只有更美

没有人愿意
在深夜拥抱我的声音
他们的甜言蜜语
在午夜
赤裸裸地迷醉肉体
月儿哀伤
最美在黑夜里放逐沉沦
但这一次的萍水相逢
你带着灵动的情
在深夜温暖我的声音时
月儿笑了
诗人　耐心等待
此刻不是最美　还有更美

没有人愿意
在清晨牵挂我的美丽

他们的虔诚崇拜
在晨曦
急冲冲地拥抱欲望
鸟儿哀伤
最美在喧哗中追逐流逝
但这一次的高山流水
你带着慧心的眼
在清晨绽放我的美丽时
鸟儿笑了
诗人　用心等待
此刻不是最美　还有更美

没有人愿意
在午后等待我的才情
他们的卿卿我我
在正午
懒洋洋地放任自流
风儿哀伤
最美在慵懒时撵逐埋葬
但这一次的十指相扣
你带着愚公的斧

在午后启动我的才情时
风儿笑了
诗人　专心等待
此刻不是最美　还有更美

没有人愿意
在黄昏凝望我的长发
他们的海誓山盟
在夕阳
灰溜溜地移情别恋
花儿哀伤
最美在落幕前驱逐出局
但这一次的心有灵犀
你带着迷人的笑
在黄昏抚摸我的长发时
花儿笑了
诗人　放心等待
此刻不是最美　还有更美

你的诗人
愿意在深夜耐心等待

为何你哀伤
赏香山红叶的那一晚
是最美的相逢呢
那一晚不是最美　还有更美
你的诗人
愿意在清晨用心等待
为何你哀伤
辞北京故宫的那一天
是最美的离别呢
那一天不是最美　还有更美

你的诗人
愿意在午后专心等待
为何你恐惧
那一晚的美美相逢
既愿相逢　又何言冷冷？
你的诗人
愿意在黄昏放心等待
为何你恐惧
那一天的美美相逢
既愿相逢　又何惜匆匆？

一个个走近诗人
一个个离诗人而去
有的
在诗人心里留下美的痕迹
有的
在诗人心里留下痛的划痕
有的
在诗人心里存下爱的美丽
有的
在诗人心里存下爱的羞愧
有的
一直在诗人心里缭绕
有的
未曾在诗人心里盘旋

这一次
你走近诗人
诗人的声音
诗人的美丽
诗人的才情

诗人的长发
既已相逢
你愿在最美时挥挥手
绝别人生的一次最美偶遇
还是宠幸
相逢不是最美　还有更美
诗人不是妖精
但诗人比妖精
更能将美丽二字书写彻底!

十字路口

上帝　可否借我一点勇气
让我拥有属于我的爱
那里有我的情人
捧着玫瑰正等着我
月光下的星星们
正羞涩地一闪一闪
庭院里的花草们
正惬意地一摇一摇
我拥有时
喷泉陶醉地为我独奏
动人心弦的爱情之旅

上帝　可否借我一双慧眼
让我选择属于我的光
那里有我的孩子
捧着笑脸正等着我

高山里的鸟儿们
正费力地一啼一鸣
山坡上的牛羊们
正拼命地一跑一颠
我选择时
山林触目地为我闪烁
永不言弃的命运之光

上帝　可否借我一把钥匙
让我打开属于我的门
那里有我的世界
捧着清泉正等着我
童年时的伙伴们
正快乐地一跳一笑
眼睛里的男女们
正自由地一唱一和
我打开时
酒窝痴情地为我指引
跌宕起伏的传奇之路

我的爱情里有一面魔镜

方方面面的丑陋一览无余
我在上帝面前羞愧难言
那一点勇气
不足以打败所有的丑陋
我的情人
让玫瑰的芬芳
持续熏陶我的爱情
黎明前我将归还勇气
用最后一缕阳光
徐徐绽放我的美丽

我的命运里有一群狼狗
里里外外地撕咬十面埋伏
我在上帝面前无言相对
那一双慧眼
不足以制止所有的撕咬
我的孩子
让笑脸的灿烂
持续温暖我的命运
寒冬前我将归还慧眼
用最后一滴露珠

缓缓开启我的坚定

我的传奇里有一片沙漠
前前后后的贫瘠痛不欲生
我在上帝面前无地自容
那一把钥匙
不足以开拓所有的贫瘠
我的世界
让清泉的滋润
持续浇灌我的传奇
交辉前我将归还钥匙
用最后一点才情
火火燃烧我的非凡

前后左右
东南西北
我面带笑容瞭望
海上升明月的方向
两手伸展
触摸茂密的丛林仙境
双脚攀越

创造巅峰的花样年华

路
一直在前方
路
一直在手心
路
一直在脚下
我的情人
我的孩子
我的世界
我们一起无所畏惧
勇往直前
去直面美好的一切
走　勇敢地走
路　就在脚下

你的美随网球而滚动

——送朋友晓晓等

又见你
亭亭玉立的身姿
回眸一笑款款走向球场
卷曲的长发
把风中弥漫的浪漫
留在阳光洒落的阴影处
午后的灿烂
掩盖不了你心事重重的牵挂
你用网球
把你的美　果敢　率真
淋漓尽致地挥洒
在萨玛格的心里

再见你
一如既往的微笑
驱散了立冬后的阵阵寒气

声音里穿透的能量
温暖了四周的花花草草
咖啡的浓郁怎如你
不经意流露的一颦一笑
你用网球
把你的爱　随性　纯真
毫无保留地馈赠
在萨玛格的书里

求你
离我远点
你的美让我相形见绌
上帝借你的美
告诉我和世界
努力而执着的人
在凌驾于自己天空的同时
值得拥有春夏秋冬的魅力
你用网球
把你的梦　优雅　情怀
一览无余坦荡
在萨玛格的诗里

你带着香山的红叶而来
连林中的鸟儿
都注目于你的恬静
你无须言语
秀发也道出千言万语
我无须评说
沉默是最美丽的颂扬
相逢　本也最美
但冬天之后的春天
更有别样的景致
等着你我牵手
你用网球
把你的静　完美　笑容
心甘情愿诠释
在萨玛格的梦里

那一天
你带着
你的美随网球而滚动时
天　格外晴朗

你的世界开着茉莉花

——送朋友汤旭群（双误）

你专注于美的世界
鸟儿的齐鸣
使你忘却现实中的羁绊
你捕捉光留下的片片场景
那令人醉心的美
你小心翼翼抱进怀里
难以入眠
你的美行走在你的世界
即便姗姗来迟
那美也令我陶醉

你执着于爱的世界
风儿的欢唱
使你回忆曾经的美好
你珍藏花留下的朵朵余香

那荡气回肠的爱
你意犹未尽牵进梦里
一醉方休
你的爱游历在你的世界
即便相顾无言
那爱也令我神往

你坦诚于真的世界
云儿的曼舞
使你抛弃虚幻的彩虹
你凌驾雨留下的点点痕迹
那润物无声的真
你无声无息收进眼里
傲霜斗雪
你的真渗透在你的世界
即便浪迹天涯
那真也令我泪奔

你的世界暗香浮动
如那一株淡雅的茉莉花
花开自有识香人

何须顾盼
那怜香惜玉的人在何方?
你的世界人约黄昏
如那一株粉红的茉莉花
花开自有蜜蜂采
何须迟疑
那青春无悔的情在何方?
你的世界苍翠欲滴
如那一株鲜艳的茉莉花
花开自有云相衬
何须徘徊
那风光无限的路在何方?

你的世界
一直开着茉莉花
它从春至冬轻轻吟唱
那美妙的旋律
只为那有情人心醉
茉莉花
一株别样的茉莉花
一直开在你的世界

迟开的花

迎春花竞相开放
把一个春来
烘托得热热闹闹
也聚焦了无数赞叹的目光
奶奶在菜园里弯曲着身体
田埂边的一排排梨花
为奶奶的绰绰身姿
裂开了合不拢的笑
回忆里飘香着
永远触摸不到的迎春花
旧时光碾磨着
一丝丝忧伤的淡香梨花
我的回忆像迟开的花

百合花香气扑鼻
把一个夏至

渲染得浓浓烈烈
也见证了无数情义的变迁
哥哥在山林里采集着样本
荒野处的一株株兰花
为哥哥的伟岸身姿
打开了关不住的想
爱情里飘落着
永远拥抱不到的百合花
旧故事撕裂着
一股股奈何的清香兰花
我的爱情像迟开的花

秋海棠娇小玲珑
把一个秋回
装点得风风火火
也凸显了无数英雄的本色
丽江在角落里绽放着美丽
拉市海的一棵棵桂花
为丽江的倩影身姿
唱开了闭不上的乐
生活里飘逝着

永远亲吻不到的海棠花
旧照片敲打着
一棵棵愁绪的幽香桂花
我的生活像迟开的花

君子兰孤芳自赏
把一个冬到
书写得高高大大
也表达了无数历练的沉淀
诗人在靠窗处啜饮着孤独
雪花下的一朵朵梅花
为诗人的傲然身姿
舞开了停不下的赞
梦想里飘飞着
永远涉足不到的君子兰
旧步伐催促着
一朵朵苦寒的暗香梅花
我的梦想像迟开的花

花谢总会再开
花飞总会再来

迟开的花
也有花开的一天
我的回忆用忧伤浇灌了花期
我的爱情用奈何修剪了花枝
我的生活用愁绪施肥了花园
我的梦想用苦寒照耀了花瓣
我的花期姗姗来迟
我的花枝错落有致
我的花园芬芳馥郁
我的花瓣美轮美奂
迟开的花
总是一枝独秀

我的家乡——丽江不只是传说

晨曦洒落玉龙山
金沙江来不及伸一伸懒腰
迅雷之势抖落倦意
自顾自浩浩荡荡
向长江第一湾拐去
深情回眸寂静的雪山
那蝶恋花般的千姿
已扎进滚滚长江东逝水中
唱出一曲高亢的花腔女高音
这就是我的家乡
传说中的丽江
不只是传说
它比传说更富有神趣

金光点亮泸沽湖
摩梭少女来不及哼一哼小调

转眼工夫点燃炊烟
自靠自利利索索
把酥油茶水汽粑粑蒸起
柔情回望宁静的湖水
那峰回路转的百态
已画进袅袅炊烟曼妙空中
奏出一曲和声的百鸟朝凤颂
这就是我的家乡
传说中的丽江
不只是传说
它比传说更富有神奇

雨点敲打老君山
杜鹃花来不及抖一抖露水
顷刻之间绽放笑颜
自恋自飘飘洒洒
对蓝天白云邀约去
含情回应平静的大山
那唯我独尊的傲然
已融进朵朵彩云诗意中
舞出一曲田园的孔雀开屏

这就是我的家乡
传说中的丽江
不只是传说
它比传说更富有神性

鸟鸣惊喜黑龙潭
东巴文来不及忆一忆往事
弹指一挥收藏忧伤
自言自明明白白
话纳西历史的古往今来
倾情回味宁静的山水
那于无声处的荣光
已写进墨迹溢香的文字中
演出一场话外的后无来者
这就是我的家乡
传说中的丽江
不只是传说
它比传说更富有神情

古乐拉响四方街
老奶奶来不及咂一咂清泉

白驹过隙迈出小脚
自看自稳稳妥妥
向老爷爷的堂屋走去
动情回首恬静的街道
那欲说还休的羞色
已藏进悠悠岁月的历练中
变出一生无尽的跌宕起伏
这就是我的家乡
传说中的丽江
不只是传说
它比传说更富有神秘

枫叶轻吻拉市海
虎跳峡来不及想一想情人
风驰电掣狂野冲刺
自带自风风火火
向思念的远方奔去
尽情回归幽静的海东
那孤枕难眠的河道
已摇进沉沉难诉的情怀
绘出一幅梦幻的向日葵

这就是我的家乡
传说中的丽江
不只是传说
它比传说更富有神力

……

我的家乡——丽江
不只是传说
它比传说更富有传说

脚随心动

我的脚
情不自禁随心而踏
原地打转的轨迹
我用白色涂鸦
纯净的空间
任我自由选择
我不用翅膀
脚早随心而飞翔
心有多高
脚就有多快

我的脚
心甘情愿随心而动
一成不变的生活
我用枷锁扣上
无限的空间

任我自由纵横
我不用密码
脚早随心而梦游
心有多大
脚就有多宽

脚无怨无悔做了心的奴隶
心系远方
脚甘愿
从梅里雪山到阿尔卑斯山
从碧达海到波罗的海
从一棵树的老地方到茫茫无垠的草原
为心的质疑而默默忍受
也为心的欢快而鸣锣打鼓
当心为爱而怒放时
脚跳得比心高
当心为梦而落寞时
脚套上了铁链
闭门思过

如果没有心

脚将行尸走肉
如果心已萌芽
脚为心而动

拉法的故事

二〇〇八年七月
温布尔顿
王者的强强对话
跌宕起伏
我和宝贝频繁于洗手间交替
心脏经历了狂跳与窒息
的极致考验
拉法成了我们共同的偶像
这一次纯属偶然

从贝当古的丛林之声
到蒙特卡洛的九宫图
从墨尔本伤痛的坚持
到一次又一次顽强拼搏
永远夹杂的谦逊和纯真
马洛卡小子

的传奇和辉煌
是人性中真　善　美的完美结合
这一次
你成为我们的偶像
是历史的必然

因为你
我没有理由停下脚步
拉法的故事
会在历史的天空一代代传承

我的心属于你

当拖把捆绑了
我的手脚时
我自由的心
却给了
寂静树林投下的一缕缕阳光
肃穆雪山飞过的一声声鸣叫
轻盈湖水画出的一道道弧线
我心之自由
感动了拖把的舞步
飞舞中生活唱出了美好

当现实束缚了
我的头脑时
我快乐的心
却给了
与智者无声对话的愉悦时光

与圣人轻言自省的沐浴时光
与故乡惺惺相惜的回忆时光
我心之快乐
填充了头脑的营养
流逝中时光留下了印记

当游历锁住了
我的视线时
我永恒的心
却给了
五千多年生生不息的史诗
东西南北妙笔生花的土地
五十六朵美丽多姿的花蕾
我心之永恒
鼓舞了视线的射程
吸纳中思想绽放了火花

所有的止步
所有的禁锢
都来源于我们心之茫茫
心若安好

生命又如何不出彩呢
母亲把
一个偌大的舞台
交给你和我
我的心怎能不飞翔

二〇一六年的风筝

雨打芭蕉
心却嘀嗒嘀嗒
雨肆无忌惮
心沉默无语
你借风神
把一片彩云
撑在小小的心房之上
雨消停了
心宁静了

叶的斑斓
写满了怀旧的愁绪
秋风无情地
吹落了叶的故事
你借春天

把一颗晨露
滴在小小的叶片之上
叶复活了
愁逃跑了

花之凋零
见证了风筝的春夏秋冬
也见证了月的阴晴圆缺
你借太阳
把一缕阳光
洒在小小的花蕊之上
花重生了
爱升华了

二〇一六年
大自然奏出和谐之声
而你的心
一笔一画撰写了爱
我愿成为二〇一六年的风筝
如果你

愿意是那放风筝的人
我想一直在你手心里
寻找自由的天空
成为你放飞梦想的风筝

爸爸　留一个梦给我

一样的日子
一样的小路
我和妈妈
牵着你的味道
用回忆唤醒冬眠的星星
用话语温暖忧伤的花草
爸爸　亲爱的爸爸
可否留一个梦给我
把你的笑容
镶在年夜饭的美味佳肴

爸爸　亲爱的爸爸
我只想抱着大大的家
抖落一年中
心里的一颗颗珍珠
让哥哥用珍珠里的光芒

照亮你和妈妈的光阴
可今年此时
我和妈妈
搂着你的灵魂
只好在小小的家为你安身
爸爸　亲爱的爸爸
可否留一个梦给我
把你的嘱咐
坠在相思夜的不变情怀

爸爸　亲爱的爸爸
你知道我爱上黑夜了吗
梦境里
我们一家人喜笑颜开
一切依然
梦醒后
我搜索不到真实的你
眼泪肆无忌惮随风到处流浪
爸爸　亲爱的爸爸
可否留一个梦给我
把你的脚步

落在所有人的灵魂深处

爸爸　亲爱的爸爸
可否留一个梦给我
我会把梦里的一点一滴
串成一颗颗星星
点亮妈妈　哥哥和我
前方的路
及我们心中各自的黑夜

拉法　让我触摸了人生美味

我没有理由
把昨天的忧伤
留在我流动的话语里
拉法的故事
一个鲜活的生命之强音
在墨尔本公园奏响
作为来自遥远国度的普通人
赞叹人生之美味
祖国新春的天空
任我展翅高飞

我没有时间
把幻想的光景
留在我冥思的脚印里
拉法的坚持
一个感人的大地之回音

在密林深处唱响
作为来自艰难跋涉的无名辈
手捧人生之美味
爆竹声声的夜空
任我自由驰骋

我没有条件
把生活的遗憾
留在我失落的爱情里
拉法的精神
一个窒息的妙手之玄音
在夜深人静穿梭
作为来自庸庸碌碌的小女子
聆听人生之美味
祝福连连的心空
任我浮想联翩

拉法的故事
彰显奥林匹克之荣光
不逊于古往今来的一个个传奇
拉法的坚持

放射人性进化之能量
不弱于自然世界的一次次质变
拉法的精神
凌驾灵魂深处之沉默
不低于天籁之音的一声声颂扬

二〇一七年的新春
拉法送上了人生之美味
待我慢慢品尝之后
用我带着翅膀的双手
把梦想与现实
糅合在一个家乡的土罐里
也为祖国奉上一道
纳西女人做的美味佳肴

我未曾低下头

一阵风
掠过居鲁士大帝的陵前
历史在此刻
瞬间碰撞
吕底亚　迦太基　波斯
……
偶然和必然的交辉
值得细细啜饮
历史留下的所有
苍凉和悲伤
我未曾低下头
仰视中
渺小的我
抛弃行进中的畏缩
用风的天空
去聆听历史的回声

一朵花
镶嵌泰姬陵回廊的穹顶
爱情在此时
片刻过眼
维纳斯　罗密欧　孟姜女
……
选择和放弃的博弈
值得慢慢品味
爱情留下的所有
心痛和怜惜
我未曾低下头
遥望中
平凡的我
跨越时间中的哀怨
用花的感动
去敲醒爱情的回应

一句话
盘旋地中海世界的边界
帝国在此地

刹那交汇
古罗马　奥斯曼　阿拉伯
……
强国和弱国的更替
值得默默沉思
帝国留下的所有
遗憾和无奈
我未曾低下头
纵观中
卑微的我
超越宇宙中的哭泣
用话的深情
去颂扬帝国的回眸

此刻
我犹如小鸟般自由
选择与风一起飞翔
我未曾低下头
此时
我好像小鱼般欢快
享受与花一起芬芳

我未曾低下头
此地
我仿佛小孩般勇敢
直面与话一起反思
我未曾低下头

我未曾低下头
恰是
我的微不足道
而感恩上帝的所有宠幸
我未曾低下头
因为
历史　爱情　帝国
让我抬头凝望天空
用一生的沉思
去发现我的存在

我未曾低下头

图书在版编目（CIP）数据

萨玛格的秋天 / 萨玛格 著. -- 北京 : 作家出版社，2017. 6

ISBN 978-7-5063-9524-3

Ⅰ. ①萨… Ⅱ. ①萨… Ⅲ. ①诗集 - 中国 - 当代 Ⅳ. ①I227

中国版本图书馆CIP数据核字（2017）第148249号

萨玛格的秋天

作　　者：萨玛格
责任编辑：宋辰辰
装帧设计：王一竹
出版发行：作家出版社
社　　址：北京农展馆南里10号　　**邮　　编：**100125
电话传真：86-10-65930756（出版发行部）
86-10-65004079（总编室）
86-10-65015116（邮购部）
E-mail:zuojia@zuojia.net.cn
http://www.haozuojia.com（作家在线）
印　　刷：三河市紫恒印装有限公司
成品尺寸：142×210
字　　数：128千
印　　张：9
版　　次：2017年7月第1版
印　　次：2017年7月第1次印刷
ISBN　978-7-5063-9524-3
定　　价：32.00元
